Mesdames, Messieurs.

Je me propose de vous lire quelques pages d'une étude de littérature dramatique où, par exception, il se trouve que l'intrigue, les „caractères„ et l'action théâtrale, ne sont que d'intérêt secondaire.

Ce qui s'y impose comme seul digne de l'attention du spectateur, ce qui, réellement, y est en cause et, du moins à quelques esprits, peut y paraître impressionnant, est de toute autre nature que la „pièce„ elle-même, laquelle n'en est que le voile.

C'est assez vous dire que le drame d'Axël n'est nullement écrit pour la scène et que la seule idée de sa représentation semble, à l'auteur lui-même, à peu près inadmissible.

Il ne saurait offrir, en réalité, qu'un intérêt de lecture et à ceux-là seuls encore qui, malgré l'immense convenu de la mode, ne considèrent pas uniquement comme une longueur le monologue célèbre de Hamlet „Être ou n'être pas.„

La grande anxiété humaine devant l'énigme de la vie n'est pas à tout prendre, un sentiment... comme un autre !.. Pourquoi, dès lors, serait-il interdit de laisser transparaître ce constant et lointain souci, sous la trame à la fois sombre et vibrante d'une oeuvre dramatique ?

Maintenant le crime de penser à des choses profondes serait-il à ce point irrémissible aux yeux des gens du monde qu'un auteur accusé et convaincu de lèse-frivolité, dût s'excuser, avec hypocrisie, d'avoir tenté d'incarner, dans une action scénique, une conception de l'ordre transcendantal ?... — Non. — du moins, je l'espère.

Toutefois je craindrais d'excéder la patience de l'auditoire en l'égarant, ex abrupto, dans ce pays intellectuel... où, d'ailleurs, il est toujours hasardeux de s'aventurer.

C'est pourquoi, afin d'accoutumer l'esprit au style particulier d'Axël, je crois utile de lire une ou deux histoires préalables qui, malgré leur apparente frivolité, décèlent, cependant, la manière littéraire de l'auteur et familiarisent, pour ainsi dire, avec la nature de sa pensée.

Ici, le drame, à proprement parler, commence.

Malheureusement, l'heure nous presse et je ne puis, en quelques mots, vous donner le secret de son dénouement.

Mais, si je n'ai point trop lassé votre attention je serai charmé de vous en dire la suite dans une prochaine séance.

Villiers de l'Isle Adam

L'Archidiacre, souriant

Comment ! que dites-vous là ? Rêvons-nous ?

L'Abbesse.

Ah! si j'osais révéler ... toute ma pensée ! Si j'ajoutais que son très-étendu savoir, maintes f[illegible] transparu en ~~quelques~~ ses précises et brèves réponses, m'a donné, trop tard, à entendre, – alors q[illegible] je pensais l'avoir laissée jouer à lire, – que son entendement extraordinaire a[illegible] sans secours, jusqu'aux arcanes de toute l'érudition cachée, là haut, en ces milliers d'ouvrages si divers !

L'Archidiacre, devenu pensif.

Sombre jeune fille, en effet, que tant de livres devaient tenter et séduire !

L'Abbesse

Prenez au sérieux ce que je dis : je la crois douée du don terrible, l'Intelligence.

L'Archidiacre, tressaillant

Alors, ~~elle est perdue~~ qu'elle tremble si elle ne devient pas une sainte ! L'exégèse a perdu tant d'âmes[illegible] Surtout en une femme, ce don devient plus souvent une torche qu'un flambeau. – Alors qu'elle ne lise plus, jusqu'à ce que sa foi, bien raffermie, lui éclaire le néant des pages hum[illegible] Vous eussiez dû m'expliquer plus tôt cette particularité. Je dois me résigner, ce soir, [illegible] vois, à faire de l'éloquence, en mon prône d'exhortation. Les jeunes esprits assom[illegible] par de précoces méditations sont sensibles aux oripeaux de nos langages passagers. – L'éloquence ! Comme si elle n'était pas sous les pieds de ceux-là qui peuvent dire Notre[illegible] – Hélas ! je comprends le bon Chrysostôme et ses larmes de pitié, ~~[illegible]~~ de honte même, en voyant ses fidèles, au lieu de se pénétrer du sens substantiel que proféraient ses pa[illegible] en admirer plutôt, comme au théâtre, l'harmonie physique, l'écorce brillante, [illegible] sensuelle beauté, la phraséologie. Comme il demandait alors pardon à Dieu, p[illegible] eux et pour lui, de ce dérisoire scandale ! Misère ! De bons coups de discipline, de longues et humbles prières, de bonnes privations et de bons jeûnes, voilà ce [illegible] donne de la substance à notre foi, voilà qui vaut quelque chose et qui pèse [illegible] la mort, voilà ce qui crée un droit et solidifie notre surnaturel. – Enfin ! s[illegible] faut de l'éloquence pour persuader cette âme étrange,

(Dédaigneusement)

J'en aurai ce soir, – mais en n'oubliant pas cette grande parole voyante du Psal[illegible]
Quoniam non cognovi litteraturam, introibo in potentias Dei.

L'Abbesse, ~~[illegible]~~

Elle saisit d'une main et se dresse d'un bond sur le bord de la fenêtre.

Puis elle se glisse, entre les barreaux, sur le bord extérieur et regarde, en bas, dans l'espace, au loin, dans l'infini.

Au dehors, la nuit apparaît, affreuse, obscure, sans une étoile. Le vent siffle et rugit. La neige tombe.

Sara se retourne ~~[illegible]~~ attache à un barreau le drap tordu et déchiré, l'éprouve d'une secousse. Puis elle se baisse, décroit et disparaît, au dehors, suspendue, dans la nuit pluvieuse et glacée, silencieusement.

— La toile tombe —

première page

Personnages

Axël, comte d'Auërsperg
L'Archidiacre
Maître Janus
Le Commandeur Kaspar d'Auërsperg
Ukkô, page d'Axël d'Auërsperg.
Herr Zacharias,
Gotthold,
Hartwig } Serviteurs du Comte d'Auërsperg
Miklaus
Ève Sara Emmanuèle, princesse de Maupers
L'Abbesse
Soeur Aloyse
Soeur Laudation } les
Soeur Calixte.
Religieuses du Cloître de Ste Apollodora.
Chœur des vieux Serviteurs militaires d'Auërsperg
Chœur des Bûcherons.

L'Action se passe en ce siècle. La 1re partie sur les confins du duché de Luxembourg ; les autres en Allemagne septentrionale.

Villiers de l'Isle Adam

Ainsi que dans n'importe quelle pièce de théâtre :

1° Toutes les indications de mise en scène, quelles qu'elles soient, — c'est à dire tout ce qui est imprimé en italique entre les noms des personnages ou à côté de ces noms, doit être imprimé dans le même caractère que celui de la Première page qui indique le décor ; — en enlevant toutes les parenthèses et toutes les ponctuations, quelles qu'elles soient. C'est à dire ~~[illegible]~~ qu'à l'exception du texte du dialogue toutes les indications sont à changer.

2° La première lettre de tous les noms des personnages, ou des titres sous lesquels ils sont désignés, comme l'Abbesse, l'Archidiacre prennent une grande capitale ; ~~[illegible]~~ bien que le reste soit en petites capitales.

3° L'impression des textes latins qui se trouvent cités dans la pièce au cours du dialogue doivent être seuls en italique : mais en italique uniforme pour tous ces textes, quels qu'ils soient.

Ainsi les chants doivent être imprimés comme les citations.

~~La grande italique employée~~

~~Et doit~~ L'italique employé doit être d'un point au dessous de ~~cette la grande~~ celle ~~[illegible]~~ dont on s'est servi dans les paquets pour les indications de scène

4° ~~La~~ La nomenclature des noms des Personnages en tête de la pièce doivent être imprimés dans le même caractère que celui qui les indique aussitôt après le mot Scène : en grandes capitales. Le mot « Personnages » comme celui du mot Scène.

5° Le titre, Axël doit être à peu près de ces dimensions-ci

AXËL

De deux points à peine moins hauts.

Prière de vouloir bien me donner l'épreuve en pages et [illegible] blanches, pour que je puisse corriger les fautes [illegible]

A M. le metteur en pages de l'~~Imprimerie de la presse~~ France.

Le titre

AXËL

Il faudrait introduire autant que possible un peu de variété dans les capitales et les caractères de ces divers titres. — L'épigraphe en grosse italique

Première Partie

Le Monde religieux

Les personnages

... et compelle intrare ...

Nouveau Testament

(Toute la page de l'indication de la scène en petits caractères.

(Les ^mots^ Scènes I, II, III, etc. en capitales &

(Les noms des personnages, en capitales.

(Les mots latins, dans le dialogue, en plus petit texte que celui du dialogue.

(Ne pas tenir compte en imprimant de certaines lignes tracées au crayon sur le manuscrit ; le mot (bon) signifie de conserver la ligne sur laquelle il y aurait ~~seulement~~ un trait.

LA

JEUNE FRANCE

Novembre 1885

AXËL

PERSONNAGES

AXËL, Comte d'Auërsperg.
L'ARCHIDIACRE.
Maître JANUS.
Le Commandeur KASPAR d'Auërsperg.
UKKO, Page d'Axël d'Auërsperg.
Herr ZACHARIAS.
GOTTHOLD, Serviteur du Comte d'Auërsperg.
HARTWIG, — —
MIKLAUS, — —
ÈVE SARA EMMANUELE, Princesse de Maupers.
L'ABBESSE.
Sœur ALOYSE.
Sœur LAUDATION.
Sœur CALIXTE.
Religieuses du cloître de Sainte-Apollodora.
Chœur des vieux serviteurs militaires d'Auërsperg.
Chœur des bûcherons.

L'action se passe en ce siècle. La première partie sur les confins du [illegible]; les autres en Allemagne septentrionale.

PREMIÈRE PARTIE

LE MONDE RELIGIEUX

« ET COMPELLE INTRARE ! »

NOUVEAU TESTAMENT.

Le chœur claustral dans la chapelle d'une vieille abbaye.

Au fond, grande fenêtre à vitrail. A gauche, les quatre rangs des stalles. Elle s'élèvent insensiblement en hémicycle, contre la grille circulaire fermée et voilée de draperies. Au fond, près de la grille, porte basse, aux degrés de pierre, communiquant au cloître.

A droite, faisant face aux stalles, les sept marches et le parvis du maître-autel invisible.. Le tapis se prolonge jusqu'au milieu de la scène, au bord des dalles tumulaires. Sur la deuxième marche, clochette et encensoir d'or. Plus haut, corbeille de fleurs. La lampe du sanctuaire éclaire seule l'édifice, entre les grands piliers chargés d'ex-voto, qui supportent l'abside principale où est élevée, sur des ailes, la chaire de marbre blanc.

Au lever du rideau, une forme humaine, long-voilée et les pieds nus sur des sandales, se tient debout sous la lampe. — Entrent, au fond de la scène, l'abbesse et l'archidiacre en habits sacerdotaux.

Le prêtre s'agenouille devant l'autel et demeure en prière : l'abbesse s'approche de l'être voilé dont elle découvre la tête brusquement.

Un visage d'une beauté mystérieuse apparaît; c'est une femme. Elle est immobile, les bras croisés, les paupières baissées. L'abbesse la regarde pendant quelques instants en silence.

SCÈNE PREMIÈRE

SARA, L'ABBESSE, L'ARCHIDIACRE, puis sœur ALOYSE

L'ABBESSE

Sara! le minuit de Noël va sonner, remplissant nos âmes d'allégresse! L'autel va s'illuminer, tout à l'heure, comme une arche d'alliance! nos prières vont s'envoler sur l'aile des cantiques. Avant que cette heure passe dans les cieux, il importe que je vous notifie la résolution sacrée que j'ai prise touchant votre avenir.

Première page

~~« ET COMPELLE INTRARE! »~~ / En italique de 11 points

NOUVEAU TESTAMENT.

Le chœur claustral dans la chapelle d'une vieille abbaye.

Au fond, grande fenêtre à vitrail... A gauche, les quatre rangs des stalles. Elles s'élèvent insensiblement en hémicycle, contre la grille circulaire fermée et voilée de draperies. Au fond, près de la grille, porte basse, aux degrés de pierre, communiquant au cloître.

A droite, faisant face aux stalles, les sept marches et le parvis du maître-autel invisible... Le tapis se prolonge jusqu'au milieu de la scène, au bord des dalles tumulaires. Sur la deuxième marche, clochette et encensoir d'or. Plus haut, corbeille de fleurs. La lampe du sanctuaire éclaire seule l'édifice, entre les grands piliers, chargés d'*ex-voto*, qui supportent l'abside principale, où est élevée, sur des ailes, la chaire de marbre blanc.

Au lever du rideau, une forme humaine, long-voilée et les pieds nus sur des sandales, se tient debout sous la lampe. — Entrent, au [illegible] la scène, l'abbesse et l'archidiacre en habits sacerdotaux.

Le prêtre s'agenouille devant l'autel et demeure en prière. — L'abbesse s'approche de l'être voilé dont elle découvre la tête brusquement.

Un visage d'une beauté mystérieuse apparaît; c'est une femme. Elle est immobile, les bras croisés, les paupières baissées. L'abbesse la regarde pendant quelques instants en silence.

Scène Première

SARA, L'ABBESSE, L'ARCHIDIACRE, SŒUR ALOYSE

L'ABBESSE

Sara! Le minuit de Noël va sonner, remplissant nos âmes d'allégresse! L'autel va s'illuminer, tout à l'heure, comme une arche d'alliance! nos prières vont s'envoler sur l'aile des cantiques. Avant que cette heure passe dans les cieux, il importe que je vous notifie la résolution sacrée que j'ai prise touchant votre avenir.

Souvenez-vous, Sara! Votre père et votre mère, aux approches de la mort, me mandèrent en leur manoir pour vous confier à moi. Depuis sept ans vous vivez en ce cloître, libre comme un enfant dans un jardin. Cependant, les jeux des enfants vous furent toujours étrangers et je ne vous ai jamais vu sourire. Que peut signifier une nature aussi studieuse et aussi solitaire? Est-ce de relire sans cesse tous nos vieux livres qui vous humiliera l'esprit?

Écoutez, Sara, vous êtes une âme obscure. Sur votre visage toujours pâle brille le reflet d'on ne sait quel orgueil ancien. Il sommeille en vous. Oh! les harmonies que vous tirez de l'orgue vous ont trahie! Elles sont tellement sombres que j'ai dû prier sœur Aloyse de le tenir à votre place. — Malgré la réserve et la simplicité de vos rares paroles et de tous vos actes, je vous ai méditée longtemps et attentivement. Je sens que je ne vous connais pas. Vous vous soumettez avec une sorte d'indifférence taciturne aux pratiques de notre obédience. — Prenez garde à l'endurcissement du cœur!

Ma fille, vous êtes une lampe dans un tombeau. Je veux vous ranimer pour l'Espérance! Vanité que la vie sans la prière. La vingt-troisième année de vos jours s'est accomplie; ce qu'il faut pour vous secourir, c'est l'onction — c'est l'onction! Et que vous soyez toute à Dieu qui pacifie les cœurs inquiets. Certes, selon les hommes, je devrais admettre que vous êtes libre de nous quitter; mais selon Dieu, moi qui ai charge de votre âme, puis-je vous laisser rentrer dans le monde, seule, riche et aussi belle, au milieu des tentations (dont je n'ignore pas les séduisantes violences, non plus que le désenchantement mortel)? — Ai-je le droit, alors que vous m'avez été confiée, de ne pas agir en cette circonstance, pour le mieux de votre bonheur réel, incapable que vous êtes de le discerner? — L'expérience des voluptés conduit au désespoir. — Plus tard, malgré votre volonté, vous seriez sans force pour revenir; je dois le prévoir pour vous. Le vertige vous guette au bord du gouffre et je n'aurais pas le droit de vous préserver de son attirance! Mon inaction actuelle serait une faiblesse dont vous sauriez me demander compte un jour. — Ne point vous retenir quand vous voulez plonger dans les ténèbres! ni directeur ni famille! et avec l'esprit ardent que je devine sous vos paupières baissées? Non, non! Vous ne sauriez vous conduire, dans le monde, selon Dieu. Je vais donc vous offrir à lui ce soir même. Oui, cette nuit.

(Un silence.)

Ma fille, lorsqu'il y a trois mois je vous fis des ouvertures à ce sujet, j'essuyai, de votre part, un refus. J'eus recours à l'*in-pace*, aux privations sévères, aux mortifications... Et pendant que vous subissiez, résignée d'ailleurs, votre pénitence, je faisais prier pour vous et j'intercédais moi-même avec ferveur, offrant mes larmes à Celui qui est tout pardon.

Ne me forcez donc plus à recourir à des rigueurs pour vous faire rentrer en vous-même et vous pousser, pour ainsi dire, vers le ciel. Aujourd'hui, en ce beau soir de fête, je vous ai tirée de votre cachot; j'ai choisi cette nuit bienheureuse pour vous consacrer au Seigneur, au milieu des fleurs, des lumières et de l'encens. Vous serez la fiancée amère de ce soir nuptial.

Ainsi la grâce descendra sur vous; l'oubli vous rendra l'esprit moins inquiet; vous sentirez bientôt le poids de l'amour divin; et, un jour (il n'est pas loin, peut-être)! tressaillant au souvenir de cette heure sainte, vous m'embrasserez, les joues baignées de pleurs d'extase et de joie. — Et ce sera le touchant, l'édifiant spectacle réservé aux vierges qui demeurent assises à l'ombre de cet autel. Et vous comprendrez alors ce que j'ai osé faire, ce que j'ai pris sur moi d'accomplir. — Allons, soyez en paix.

(Elle se détourne.)

— Sœur Laudation, allumez les cierges.

(L'autel s'illumine peu à peu durant la fin de la scène).

Maintenant, ma sœur et ma fille, je vous l'ai dit : vous êtes une riche de ce monde. Ici l'on entre en se dépouillant de tout orgueil et de toute richesse. Nous sommes pauvres; mais ce que nous avons, nous le donnons; la pauvreté ne s'anoblissant que par la charité. On vous a légué châteaux, palais, forêts et plaines. Voici le parchemin dans lequel vous faites abandon de tous vos biens à la communauté. Voici une plume. Signez.

(Sara décroise les bras, prend la plume et signe impassiblement.)

Bien. C'est cela même.

(Elle regarde Sara qui est rentrée dans son immobilité.)

Merci.

(A part, en se dirigeant vers l'archidiacre.)

Que Dieu me voie et me juge!

(Arrivée près du vieux prêtre, elle lui touche l'épaule et lui parle à voix basse.)

L'ARCHIDIACRE, *se levant et à voix basse.*

Le jeûne, le cachot et le silence font de la lumière en ces âmes orgueilleuses : il fallait cela ! il faut cela.

(Haut s'approchant de Sara.)

Sara, sœur Emmanuèle en Dieu ! Les quelques doutes se sont dissipés qui nous faisaient appréhender autour de vous la présence du malin esprit. Bien est-il vrai qu'en un tel jour, nous eussions écarté de nos pensées, à votre sujet, toute supposition inquiète ; mais l'aumône que Dieu vous a donné le pouvoir de nous faire achève de vous purifier à nos yeux de tout soupçon de tiédeur. Elle militera pour vous dans les abandonnements et dans les dérélictions. Je vais vous recevoir dans un instant parmi celles qui, dorénavant, sont vos sœurs. Dès longtemps vous fûtes considérée par elles et par nous comme une appelée et comme une élue. Votre noviciat est fini.

L'ABBESSE

Ma fille, nous allons vous revêtir de la robe nuptiale et ceindre ce front de la couronne des vierges sacrées en symbole des noces futures. Puis, vous viendrez ici, à cette place, au milieu des cantiques. Là, vous vous étendrez en signe de mort et sur vous sera jeté le drap des trépassés. Sous cette dalle repose la bienheureuse qui fonda ce monastère, et que vous prierez particulièrement durant l'offertoire. Une fois les vœux prononcés, votre chevelure mondaine tombera sous le ciseau de notre règle. Puis, on vous revêtira du saint costume que vous garderez jusqu'à la fin de vos jours d'épreuve ici-bas.

(Une jeune religieuse, une enfant, d'une figure charmante, apparaît derrière l'autel, au fond de la scène. Elle semble un peu pâlie. Elle regarde Sara.)

Pour moi, je partirai bientôt pour mon éternité ; vous hériterez de ma crosse d'ivoire et vous ferez à votre tour ce que je fais.

(Se détournant.)

Venez, sœur Aloyse !

(La religieuse s'approche.)

LES MÊMES, SOEUR ALOYSE

L'ABBESSE, *continuant.*

Sœur Aloyse, voici la compagne, la sœur préférée que vous aimez avec tendresse et qui est notre fille chérie. Votre voix lui sera plus douce que la mienne et je compte sur vos bonnes paroles pour dissiper les tentations qui pourraient s'élever dans son cœur à cette heure suprême.

(Un silence.)

Vous l'aimez beaucoup, n'est-ce pas?

SOEUR ALOYSE, *grave.*

Oui, ma mère.

L'ABBESSE

Je la confie à votre dilection. Vous veillerez et prierez avec elle dans l'oratoire jusqu'à l'avant-quart de minuit. Allez.

(L'Abbesse remonte vers le fond de la scène où se tient l'Archidiacre. Le prêtre parcourt maintenant des parchemins et des papiers auprès d'une lampe que vient de poser sur une stalle sœur Laudation.)

SOEUR ALOYSE, *à part, s'approchant de Sara.*

Mon Dieu!

(Joignant les mains sur l'épaule de Sara, et d'une voix très basse, presque indistincte.)

Sara! souviens-toi de nos roses dans l'allée des sépultures! Tu m'es apparue comme une sœur inespérée. Après Dieu, c'est toi. Si tu veux que je meure, je mourrai. Rappelle-toi mon front appuyé sur tes mains pâles, le soir, au tomber du soleil. Je suis inconsolable de t'avoir vue. Hélas! tu es la bien-aimée... J'ai la mélancolie de toi. Je n'ai de force que vers toi.

(Un silence.)

Cède, deviens comme nous, sous un voile! Partage l'épreuve d'un instant. Tu sais bien que nous ne pouvons pas vivre. Si vite nous serions ensemble, au même ciel, avec une seule âme... Sara, vois le ciel étoilé au fond de mes yeux..., là, s'éloignent des cieux toujours étoilés... Laisse-toi venir! Je veux te parer moi-même comme une fiancée divine, une épouse ineffable un être céleste... La douleur m'a rendue charmante et tu ne me repousseras plus avec tristesse. si tu me regardes. Quelles paroles trouver pour te fléchir? Sara! Sara!

(Taciturne, Sara décroise les bras: son front s'incline sur celui de la novice. Celle-ci lui prend la main. Toutes deux traversent le sanctuaire.)

Oh! n'appuie pas ton front!... mes genoux chancellent.

(Sara s'est redressée et, soutenant d'une main sœur Aloyse, devenue blanche comme son voile, toutes deux sortent, lentement, au fond de la scène.)

L'ABBESSE, *debout, adossée à un pilier, pensive et les suivant des yeux.*

C'en est fait! l'enfant éprouve déjà les ravissements et les enivrements de l'enfer... Séduction des anges des ténèbres! L'excessive et dangereuse beauté de Sara trouble et inquiète de son scandale ce cœur élu.

(*Réfléchissant.*)

Sœur Aloyse lui coupera les cheveux cette nuit; elle restera sans voile, et ainsi dénudée, jusqu'à l'Épiphanie.

L'ARCHIDIACRE, *venant vers elle.*

Ma sœur, voici les parchemins de Sara de Maupers et les actes qui la concernent; ils sont devenus la propriété du couvent; les richesses qu'ils représentent suppléeront à la modicité de notre mense; recevez-les; vous les enverrez demain à l'économat.

L'ABBESSE, L'ARCHIDIACRE, puis SŒUR LAUDATION

L'ABBESSE, *prenant les parchemins, indifféremment.*

Je vous rends grâce, mon père.

(*Au moment de les rouler et de les lier ensemble, son regard devient plus attentif.*)

Ces armoiries... Je les ai vues déjà! L'écusson oriental, les supports de sphinx !...

(*Elle se penche près de la lampe, sur les titres.*)

D'azur au cimier d'or archiducal, à la tête de mort sablée, cheffée de gemmes, ailée d'argent sur le septenaire d'étoiles de même, en abîme, avec l'exergue courant sur les lettres du nom : « *Macte Animo! Ultima Perfulget Sola!* »

(*Un silence.*)

Paroles prophétiques, si Dieu le permet! Sara n'est-elle pas la dernière fille des princes de Maupers?

L'ARCHIDIACRE, *se rapprochant.*

Vous voulez déchiffrer l'héraldique de cette maison? J'en lisais moi-même la légende tout à l'heure. Ceci est, effectivement, l'écusson de Maupers, qui le partage même, d'une façon des plus singulières, avec une haute maison d'Allemagne, les comtes d'Auersperg, — une souche illustre.

L'ABBESSE, *après un mouvement.*

Auersperg!... Et... rien, dans cette histoire, ne peut devenir important au sujet du patrimoine de Sara?

L'ARCHIDIACRE

Point ne le suppose : il s'agit simplement d'un récit de chevalerie et de croisades où le merveilleux l'emporte sur le réel. Voici : les chefs de ces deux familles furent en même temps, paraît-il, ambassadeurs de Guillaume le Taciturne près du soudan (le soudan Eckalab, dit la chronique de l'époque). — Or, un mage, qui assistait le conseil secret du prince égyptien, fit présent de ce blason aux deux chevaliers. Seulement, la devise d'Auersperg est plus incompréhensible : « *AltiUs rEsurgeRe SPERo Gemmatum.* »

Laissons là ces traditions. La récipiendaire doit s'apprêter pour la prise de voile, n'est-ce pas? Elle est au fait de la liturgie ~~en vigueur chez les Théatines, et que nous autres, Trinitaires...~~

L'ABBESSE, *soucieuse, l'interrompant.*

Mademoiselle de Maupers se prépare pour la cérémonie, oui,

mon père.

Un silence, puis, comme cédant, tout à coup, à une obsession intérieure.

Avant l'office divin, laissez-moi réclamer vos lumières sur un ensemble de circonstances spéciales dont le souvenir vient encore de me préoccuper l'esprit... Ces circonstances m'ont suggéré une supposition... d'un ordre tellement extraordinaire... que j'hésite à prendre ici, de mon chef, le pressentiment pour la certitude: j'ai besoin de votre avis. Il s'agit de Sara. — Mon père, cette jeune fille est un cœur fermé et qui sait beaucoup de choses.

L'ARCHIDIACRE

Je me méfie aussi de la brebis rétive. Toutefois, je pense qu'à la longue, le régime conventuel nous réduira cette sauvage enfant; oui, j'espère qu'avec la grâce et la direction vers Dieu, tout ira bien. — Voyons, sa conduite est-elle essentiellement délictueuse?

L'ABBESSE

Elle est froidement exemplaire. Je l'ai souvent punie, pour éprouver sa constance. Elle a tout accepté; mais, je vous le dis, mon père, sa soumission n'est qu'extérieure. Le châtiment s'émousse sur elle et la corrobore en son orgueil. Cette fille est comme l'acier, qui se plie jusqu'à son centre, puis se détend ou se brise; elle a (s'il est permis d'oser une telle expression) l'âme des épées. Et, plus d'une fois, sa vue m'a troublée, moi-même, d'une sorte d'angoisse occulte.

L'ARCHIDIACRE

A-t-elle jamais tenté de s'enfuir du prieuré?

L'ABBESSE, *secouant la tête.*

Elle se sent observée nuit et jour avec vigilance; une tentative d'évasion l'exposerait à une réclusion plus sévère.

L'ARCHIDIACRE, *la regardant, et après un moment.*

Il faut aussi prendre garde, en ces sortes de jugements, de parler soi-même sous l'empire du diable... Il sera bon de continuer les précautions prises à l'égard de mademoiselle de Maupers. Voilà tout.

L'ABBESSE, *avec un sourire vague et froid.*

Sous l'empire du démon?... Eh bien! mon père, jugez vous-même: voici les faits dans leur succession précise. Je les trouve sombres.

Un silence. Elle s'asseoit, s'accoude à une stalle, médite quelques minutes, puis lentement, et lèvant les yeux sur l'Archidiacre, qui se tient debout en face d'elle.

Vous le savez, les Rose-Croix ont habité cette abbaye, il y a trois siècles. Ils ont laissé là-haut divers ouvrages touchant, disent-ils, les dialectes syriens, les idiomes oubliés, que l'on parlait à Ghéser et à Saba, que sais je?... Nous avons conservé ces documents à titre de curiosité. — Tout d'abord, n'est-il pas merveilleux que j'aie souvent surpris Sara plongée dans une étude patiente de ces ouvrages? Ah! je vous prie, remarquez bien ce point, qui pourra devenir intéressant tout à l'heure.

7

L'ARCHIDIACRE, *souriant*.

Le fait est qu'elle eût mieux agi en méditant ses *Laudes*. Il faut anéantir ces volumes, dès demain, par l'incinération. Les Rose-Croix avaient coutume, pour échapper au bûcher, de dissimuler, sous des prières apparentes, d'abominables formules.

L'ABBESSE

Ces livres sont à présent. — mais bien tard ! — dans ma cellule. — Or, il y a trois ans, un matin d'hiver, — c'était la veille de la Chandeleur, je m'en souviens, — je descendis d assez bonne heure dans la bibliothèque ; j'y trouvai Sara de Maupers. Elle y avait passé la nuit, toute seule, et malgré le froid rigoureux. Elle ne me vit pas entrer ; elle ne me vit pas l'observer. Elle achevait de brûler à sa lampe le premier feuillet d'un poudreux missel, la première feuille de parchemin de cet antique livre d'heures, à serrures d'émail, qui nous fut envoyé d'Allemagne, autrefois, par un correspondant de notre pieux évêque, le patriarche Pol.

L'ARCHIDIACRE

Oui... je me souviens... Par un vieux médecin que le patriarche lui-même ne connaissait pas et n'avait jamais vu... maître Janus.

(*Les sept flammes, autour de la lampe du sanctuaire, jettent une lueur très vive, puis s'éteignent, toutes à la fois.*)

L'ABBESSE, *appelant*.

Sœur Laudation !... Vite !... La lampe ! la lampe !... D'où cela peut-il venir ? — Vous ferez la coulpe au réfectoire !

(*Sœur Laudation accourt en joignant les mains.*)

SŒUR LAUDATION

Ma mère, j'ai oublié de la remplir, ce soir. C'est vrai ! Et ceci ne m'est jamais arrivé depuis que j'ai les clefs à ma ceinture.

(*Elle rallume la lampe, silencieusement, puis se retire derrière l'autel.*)

L'ARCHIDIACRE

Vous disiez donc, ma sœur, que Sara détruisait ce parchemin ?...

Scène IV

L'ARCHIDIACRE, L'ABBESSE, seuls.

L'ABBESSE

Mon père, vous rappelez-vous le feuillet dont je vous parle? Il était couvert de caractères d'une forme surprenante, auxquels nous n'accordâmes que peu d'attention, ne pouvant les traduire.

L'ARCHIDIACRE

En effet, une invocation pieuse, sans doute!

L'ABBESSE, *de plus en plus ~~concentrée~~* pensive.

Ces caractères ressemblaient, très étrangement, à ceux dont la signification est donnée dans les livres des Rose-Croix!... Le parchemin était surajouté, dans le missel, et timbré du sceau de ces armoiries.

(Elle montre les titres.)

L'ARCHIDIACRE, *après un moment.*

Je ne distingue pas encore bien votre pensée. Continuez, ma sœur. Comment cette action insignifiante... et même louable, dans une certaine mesure?...

L'ABBESSE, *l'interrompant, les yeux fixés et comme se parlant à elle-même.*

Les traits de Sara brillaient, en ce moment, d'une expression de joie mystérieuse! d'une joie profonde et terrible. Non, ce qu'elle venait de lire n'était pas une prière!... son aspect avait quelque chose de solennellement inconnu, d'inoubliable! — Je l'interrogeai, les yeux sur les siens, à l'improviste. — Le regard qu'elle leva lentement sur moi fut si atone, qu'il me causa l'impression d'un danger. Elle me répondit après un silence et une grande pâleur qu'elle venait d'anéantir, simplement, un vain souvenir d'orgueil... ses propres armoiries, reconnues sur cette page. — Ferveur suspecte! — Je relus la lettre du patriarche pour m'assurer de la vérité. Le livre provenait en effet de la défunte châtelaine d'Auersperg, et ceci semblerait expliquer, aujourd'hui, les paroles de Sara... Cependant, mon père, j'ai gardé, je l'avoue, de cet instant qui a duré un éclair, oui, j'ai gardé certaine pensée... Oh! une pensée vague, superstitieuse peut-être, mais dont je ne puis me défendre!... Le soupçon que j'ai sur Sara peut, seul, nous conduire à la clef de cette nature insolite et glaciale qui nous apparaît en elle. Ne l'avez-vous pas vue souvent, comme moi, marcher sous les arceaux du cloître, concentrée et comme perdue dans on ne sait quel rêve taciturne?

L'ARCHIDIACRE, *la regardant avec attention.*

Vous pensez que cette jeune fille?...

L'ABBESSE, *devenue ~~sombre~~* assombrie.

Oui, c'est mon intime conviction. Je pense que Sara de Maupers a déchiffré quelque avis ténébreux: quelque étrange renseignement, une suggestion, un secret, oui, mon père, et même un secret redoutable, peut-être! — enseveli dans ce feuillet détruit.

L'ARCHIDIACRE, *après un moment*

Dites-moi, les portes publiques seront bien fermées ce soir, n'est-ce pas?

L'ABBESSE

Les barres de fer sont mises. Personne. Les marins et les gens du hameau entendront à la ville la messe de minuit.

L'ARCHIDIACRE

Bien. Une fois les vœux prononcés, il faudra qu'on exerce une surveillance extrême sur elle.

L'ABBESSE, *à demi-voix*

Mais, enfin!... Elle ne s'accuse donc pas, celle-ci, lorsque votre tribunal et à genoux?...

L'ARCHIDIACRE, *l'interrompant*

Ici, je ne puis répondre. Parlons de ce que nous savons. Les vœux donnent des grâces spéciales, et nous voyons qu'elle en a grand besoin. J'ai bien peur, il est vrai, que les macérations ne lui soient, en quelque sorte, une nécessité!...

L'ABBESSE, *calme*

Certes, il faut la sauver! D'elle-même! Et, si elle a dans le cœur quelque ivraie infernale, la lui déraciner pour son salut! — Et tenez, mon père, voyez jusqu'où va la puissance de cette jeune fille! J'ai prié la plus jeune de nos converses, sœur Aloyse, qui est un cœur simple et une âme d'ange, de rechercher sa compagnie. — J'espérais surprendre ainsi, tôt ou tard, quelques paroles échappées... touchant l'impénétrable arrière-pensée de Sara. — Qu'est-il arrivé? une chose inattendue, invraisemblable. — Le visage, l'extraordinaire beauté de mademoiselle de Maupers ont fasciné étrangement sœur Aloyse : elle est devenue silencieuse et comme éblouie.

L'ARCHIDIACRE, *après un tressaillement*

Prenez garde!... Ceci tient des envoûtements anciens! Les immondes fièvres de la Terre et du Sang dégagent de mornes fumées qui épaississent l'air de l'âme et cachent, absolument, tout à coup, la face de Dieu!... Le jeûne, la prière, sont quelquefois impuissants!... C'est une chose dangereuse, une chose dangereuse.

L'ABBESSE, *calme*

Mon père, j'ai conjuré d'autres périls. Pendant que cette nuit vous célébrerez sur Sara l'office des Morts, sa caution à l'interrogatoire sera précisément sœur Aloyse. Je l'ai choisie pour l'interprète. Quant à votre exhortation, vous pourrez parler à Sara, mon père, en déployant toute la science de l'Église. Oh! vraiment; comme s'il vous fallait frapper le cœur et l'esprit des plus dangereux athées !... L'esprit surtout !... Le sien, je le crois des plus abstraits, des plus profonds... Mon troupeau d'âmes blanches ne vous comprendra pas : le scandale ces casuistiques de l'École n'est donc pas à craindre. — Elle seule vous suivra, j'en suis sûre, aisément, dans ces abîmes de l'examen mental, qui lui sont trop familiers. — Rien à redouter, d'ailleurs. Les barres du portail de l'église seront fixées. L'église restera déserte. Les marins et les gens du hameau entendront à la ville la messe de minuit.

(Un silence. Elle se presse la main sur le front.)

Je devrais la croire bien disposée, cependant ! Voyez, elle vient de signer, entre mes mains, le renoncement à ses biens terrestres.

L'ARCHIDIACRE, *regardant l'acte de donation.*

Oh ! que de pauvres à nourrir ! par centaines ! Que de pèlerins à soulager !... Peut-être qu'une grâce officieuse l'a touchée ! peut-être sommes-nous tourmentés par une de ces tentations stériles, envoyées par les Esprits du mal, dans les circonstances solennelles, pour alarmer notre faiblesse ?

L'ABBESSE

Que de lits pour les malades ! Que de pain blanc et de vin cordial ! Que de bien à faire, avec cet or arraché à Mammon !

(Tous deux s'agenouillent devant l'autel, et lèvent les bras vers les cieux.)

L'ABBESSE ET L'ARCHIDIACRE, *ensemble, à pleines voix.*

Gloire au Dieu des affligés, qui inspira le Samaritain.

(Cloches. — L'autel est maintenant illuminé et ses reflets se répandent sur toute l'enceinte. La porte claustrale s'ouvre, les religieuses, en vêtements blancs, rayonnantes et recueillies, apparaissent et entrent dans l'hémicycle des stalles.)

L'ARCHIDIACRE, L'ABBESSE, SOEUR LAUDATION, LES RELIGIEUSES

(Orgue. Les quatre rangs des stalles sont maintenant remplis. Deux religieuses, en habits de fête, s'approchent de l'autel, prennent les encensoirs et y jettent l'encens. D'autres, debout sur les marches et des corbeilles à la main, effeuillent des fleurs dans l'air par poignées ; l'abbesse, tenant la crosse blanche, s'est assise dans sa chaise abbatiale. Elle porte une chape étincelante. Un cantique s'élève. L'office commence. Les clochettes d'or raisonnent. C'est l'Introït.)

UNE RELIGIEUSE, *seule.*

In te, Domine, speravi : non confundar in æternum.

LE CHOEUR

Amen.

L'ARCHIDIACRE, *revêtu de l'étole noire.*

Judica me, Deus, et discerne causam meam de gente non sancta !...

(Après un instant, il monte les degrés vers le Tabernacle.)

LES MÊMES, SARA ET SOEUR ALOYSE

(L'orgue roule. Sara, vêtue d'une longue tunique de moire blanche, apparaît, un collier de pierreries sur la poitrine. Elle appuie sa main sur l'épaule de sœur Aloyse, qui est pâle et souriante. Des fleurs d'oranger entrelacent ses grands cheveux dénoués qui qui tombent longuement, noirs et épars sur sa robe. Son visage est comme sculpté dans la pierre.

A son aspect, l'Alleluia retentit, des fleurs sont jetées devant elle, les encensoirs se lèvent.

Elle vient au milieu de la scène, devant l'autel, s'agenouiller sur la dalle silencieusement, puis elle s'étend, le front sur ses bras croisés.

Sœur Aloyse laisse tomber sur elle un vaste drap blanc, chargé de taches d'or figurant de grosses larmes, et l'en recouvre entièrement.

Le cierge mystique brûle au-dessus du front de Sara, sur la première marche de l'autel.)

CHOEUR DES RELIGIEUSES, *en prière psalmodiant.*

« O virgo! mater alma! Fulgida cœli porta!
Te nunc flagitant devota corda et ora,
Nostra ut pura pectora sint et corpora! »

L'ARCHIDIACRE, *debout, sur le parvis de l'autel, sous le dais de pourpre noire brodé d'ossements d'or, à voix basse.*

Si iniquitates observaveris Domine, Domine quis sustinebit!

(L'offertoire sonne.)

SOEUR ALOYSE, *s'avançant.*

Ego pro defunctà illà! Ego vox ejus!

(Debout, près de Sara, et chantant la formule de consécration.)

Suscipe me, Deus, secundum eloquium tuum et vivam!

(Le glas tinte un coup.)

(Les religieuses passent processionnellement autour de Sara, cierges allumés à la main.)

Requiescat, et illæ luceat æterna Lux!

SOEUR ALOYSE, *jetant de l'eau bénite sur le drap mortuaire.*

Resurgam!

LES RELIGIEUSES, *voix lointaines dans l'orgue.*

In excelsis!

LE CHOEUR, *sur la scène.*

Amen.

L'ARCHIDIACRE *descend vers Sara toujours prosternée; l'orgue s'arrête.*

Si celle qui est étendue ici, devant la face de Dieu, répudie à jamais les misérables joies que peuvent offrir la chair et le sang, qu'elle soit la bienvenue au pied de l'autel!

SŒUR ALOYSE, *montrant de ses mains Sara.*

Ecce ancilla.

(*A ce mot et pendant le silence qui suit, sœur Laudation, sur un signe de l'abbesse, s'approche de sœur Aloyse et lui remet les grands ciseaux d'argent. Sœur Aloyse les reçoit, et, glacée, ferme les yeux.*)

L'ARCHIDIACRE, *à Sara.*

Es-tu celle qui veut vivre sous l'humble chasteté qui nous illumine? celle qui veut s'écrier vers le Trône, avec Cecilia : « *Fiat cor meum immaculatum ut non confundar !* » Celle qui, dans peu de jours, couchée sur les belles ailes de la mort, s'enfuira vers les esprits de feu, d'amour et de lumière, les *beata Seraphim* dont parle le pieux Aéropagite? O femme! si tu viens en oblation, volontaire holocauste, pour l'amour de Dieu, tu deviendras la réalisation même de ton amour, quand tu entreras dans l'éternité.

(*Glas.*)

Car l'éternité, dit excellement saint Thomas, n'est que la pleine possession de soi-même en un seul et même instant. Aime donc et fais ce que tu voudras! comme dit saint Augustin. Abîme-toi, cœur céleste, en Celui qui est l'amour même! Crois et tu vivras; la Foi, suivant l'expression de saint Paul, étant la substance même des choses qui *doivent* être espérées!...

(*Glas.*)

Oui, tu renaîtras transfigurée dans ton propre cantique; l'âme étant une harmonie, comme le dit sainte Hedegarde. — *Pulcher hymuns dei homo immortalis !* a dit aussi Lactance, mon bienheureux patron. Ne hais qu'une chose : tout obstacle à ton retour à Dieu! toute limite, c'est-à-dire le mal! Hais-le de toutes tes forces! Car, ainsi que le dit admirablement saint Isidore de Damiette, les élus, en se penchant du haut des cieux pour contempler les supplices des réprouvés, ressentiront une ineffable joie au spectacle des angoisses et des tortures de la Damnation; sans quoi, la louange des œuvres de Dieu, qui est la *forme* du Paradis, serait incomplète. Oh! si tu ne comprends pas encore l'esprit de ces dogmes, si ton argile en frémit, qu'il te soit permis de les approfondir, puisque Dieu t'a faite si étrangement studieuse et persévérante, et comme si tu étais appelée à devenir pareille aux plus grandes saintes.,. *Negligentiæ mihi videtur si non studemus quod credimus intelligere,* dit, avec un grand bonheur d'expression, saint Anselme. Mais étudie avec humilité, si tu veux avancer dans la science de Dieu. — Ainsi tu garderas la dignité, sans laquelle l'humilité même n'a point de valeur parfaite. Ne l'oublie pas, tu ne seras jamais esprit! Ton âme même, ton âme impérissable est composée d'abord de matière pour pouvoir jouir ou souffrir éternellement, en restant distincte de Dieu. *Materita prima*, dit l'Ange de l'Ecole, question soixante quinzième... Et souviens-toi que la bulle de Clément V frappe d'excommunication quiconque osera rêver le contraire ! — Et si, en dehors de l'obéissance mentale à l'Église, ton entendement se révolte et cherche Dieu autrement, hélas ! redis-toi, pour ton salut, cette grande parole d'un philosophe chrétien : « Telle est la vanité, l'infirmité de la raison de l'homme, qu'elle ne saurait concevoir un Dieu *auquel il voulut ressembler !* — Aie donc charité pour ta raison d'un jour. Tu es ici-bas pour qu'on sache si tu pèses le poids, et voilà tout !

(Glas!)

Ecoute, encore, pendant que la cloche des morts sonne pour toi. Si chacun des trois mystères, principes divins, n'apparaissait pas comme impossible et absurde à nos yeux obscurs et mortels, quel mérite aurions-nous d'y croire ? Et s'ils étaient possibles et raisonnables, les accepterais-tu pour divins, puisque toi, poussière, tu pourrais les mesurer d'une pensée ? Si donc ils sont absurdes et impossibles, ils sont précisément ce qu'ils doivent être, et, comme l'enseigne Tertullien, c'est tout d'abord par cela qu'ils présentent la première garantie de leur vérité ! Leur absurdité humaine est le seul point lumineux qui les rende accessibles à notre logique d'un jour, sous condition de la Foi. Écarte donc à jamais de ta raison le voile du chétif orgueil qui, seul, la sépare de la vue de Dieu ; cesse d'être humaine, sois divine. Nulle créature, nulle vitalité n'échappe à la Foi. L'homme préfère une croyance à une autre, et pour celui qui doute, même à l'indéfini de sa pensée, le doute, qu'il admet en son esprit, cache encore la Foi, puisqu'en principe il est aussi mystérieux que nos mystères ! Seulement l'indécis demeure avec son doute et son indifférence, qui est la somme nulle de sa vie. Il croit analyser, il creuse la fosse de son âme et retourne vers le néant, qui ne peut plus s'appeler que l'Enfer, car il est à jamais trop tard pour n'être plus. Nous sommes irrévocables.

— Oui, la Foi nous enveloppe ! L'univers n'est que son symbole. Il faut penser. Il faut agir ! Nous sommes contraints à cet esclavage : penser ! En douter, c'est encore y obéir. Pas un acte qui ne soit créé d'une pensée ! pas une pensée qui ne soit aveugle en sa notion primitive ! Choisissons donc la plus haute conception, puisque nous ne deviendrons que notre pensée unie à la chair de nos actes ! Et comme la plus sublime est celle de Dieu, tenons-nous en à Dieu. Toutes suggestions du doute, quelle que soit leur intensité, ne sont que du *temps perdu* dont nous aurons à rendre compte. Tout dément le Doute, autour de nous. Le grain de blé, qui pourrit dans la terre et dans la nuit, voit-il donc le soleil ? Non, mais il a la foi,

C'est pourquoi il monte, par et travers la mort, vers la lumière, Ainsi des germes élus de toute chose, excepté des germes maudits, où dorment te doute et ses scandales et qui meurent, indifférents, tout entiers. Nous, nous sommes le blé de Dieu ; nous sentons que nous ressusciterons en Lui, qui est, suivant la parole éclairée et magnifique d un théologien, le lieu des esprits comme l'espace est celui des corps.

(Le glas tinte un dernier coup.)

Aimer, dans l'attente, la prière, l'affliction, telle est notre doctrine. Et quand bien même par impossible, comme nous en prévient le Concile, un ange du ciel descendrait pour nous en enseigner une autre, nous resterions fermes et inébranlables devant notre foi.

(Un silence, puis solennellement et prenant le Saint Chrême.)

Eve-Sara Emmanuèle, princesse de Maupers, rappelez vous maintenant la puissance des paroles jurées devant ceux qui représentent le Seigneur ! ceux devant qui le Verbe devient chair. Prononcez donc, librement, les vœux suprêmes qui engagent votre âme !...

CHŒUR DES RELIGIEUSES

Ecce inviolata soror cœlestis !

L'ARCHIDIACRE, *continuant et alternant avec le chœur.*

Votre sang : votre être en ce monde et en l'autre !

CHŒUR DES RELIGIEUSES

Ecce conjux !

L'ARCHIDIACRE

Votre espoir unique et infini.

CHŒUR DES RELIGIEUSES

Sacra esto !

L'ARCHIDIACRE

Sara! Ton anneau de fiancée brille sur cet autel. J'aime Dieu, cela signifie Dieu m'aime. Sara, les entends-tu, ces voix, déjà célestes, qui t'appellent? ..Une parole, et je lèverai ma droite sur ton front pour t'absoudre! et consacrée pour jamais à la lumière, tu seras liée dans les cieux!

(Sara se découvre le visage, se soulève sous le candélabre et s'accoude sur la première marche de l autel. Les opales du collier mystique scintillent parmi les fumées de l'encens; une pluie de feuilles de lys parsème le tapis autour d'elle.)

LE CHŒUR DES RELIGIEUSES, *dans l'orgue.*

« Rorate cœli desuper
Et nubes pluant justum! »

(Elle s'est dressée au milieu des encensoirs et des lumières devant l'Archidiacre; elle se tient maintenant debout, immobile, les bras croisés, les paupières baissées. Sur ses épaules, comme un manteau, brille le drap funèbre dont les grands plis tombent derrière elle et se prolongent sur les dalles.)

L'ARCHIDIACRE

En cette nuit sublime, elle se lève aussi pour toi, l'Etoile des rois mages et des bergers!

(Il découvre le Saint Chrême; les nonnes s'agenouillent.)

Réponds, acceptes-tu la Lumière, l'Espérance et la Vie?

SARA, *d une voix tranquille, grave, atone et très douce.*

Non.

L'ARCHIDIACRE, *avec un frémissement, et laissant choir l'urne d'or sur les marches de l'autel où se répand l'huile sainte.*

Seigneur Dieu!

(Il recule. Les religieuses s'éloignent précipitamment, terrifiées, soufflant leurs cierges, en désordre; les bréviaires tombent çà et là. — Bruit des stalles désertées brusquement. Toutes les nonnes, frissonnantes et s'enveloppant de leurs grands voiles, à la hâte, entourent l'Abbesse, qui s'est levée et qui regarde la renonciatrice. Stupeur. Silence. Sœur Aloyse est tombée, comme évanouie, aux pieds de Sara. Les corbeilles de fleurs, les encensoirs encore fumants, sont abandonnés autour d'elle.)

SŒUR LAUDATION, *à elle-même et se signant avec effroi.*

Oh! le mauvais présage de la nuit! La lampe de Dieu s'est éteinte. Celles des Vierges folles s'éteignaient aussi devant l'Epoux.

L'ABBESSE

O nuit d'effroi!

(Minuit sonne. Cloches joyeuses, en tumulte, au lointain. Carillons.)

LE CHŒUR DES RELIGIEUSES, *dans l'orgue, éclatant.*

Noël! Noël! Alleluia!
Hodiè contritum est, pede virgineo,
Caput serpentis antiqui.

L'ABBESSE, *frappant les dalles de sa crosse.*

Cessez! cessez les chants!

LE CHŒUR, *en même temps, couvrant sa voix.*

Noël ! Alleluia ! Noël !

(Les Religieuses, dans les orgues, n'ont pas vu l'acte qui s'est passé devant l'autel, et les chœurs, au son des cloches, exaltent la gloire de la Nativité.)

CHOEUR, *dans l'orgue, aux sons des cloches.*

Adeste, fideles,
Læti, triomphantes,
Venite in Bethléem !
Alleluia !

L'ABBESSE, *hors d'elle-même, pendant que les chants continuent, pendant les cris d'Alleluia.*

Silence !... Oh ! c'est horrible !

LE CHOEUR, *éperdu en cantiques d'actions de grâces, au son des cloches.*

Natum videte, regem Angelorum !
Doum infantem, pannis involutum !
Venite, adoremus Dominum !
Alleluia ! Alleluia !

(*Sœur Laudation frappe de sa coirre avec violence : les cantiques cessent brusquement ; les grandes draperies de serge s'écartent, laissant voir l'église déserte, les chaises, les bancs, les piliers, les lampes allumées et, au fond, la tribune des orgues, les cantatrices interdites, maintenant silencieuses.*)

L'ABBESSE, *criant, avec épouvante.*

Taisez-vous ! Taisez-vous !

(*Les chants ont cessé.*)

L'ARCHIDIACRE

Enfin !

L'ABBESSE, *étendant sa croix, avec un geste d'horreur, vers la porte des stalles.*

Fuyez ! fuyez toutes, mes filles ! Retirez-vous chacune en votre cellule, et là, prosternées en oraisons ferventes, implorez la clémence de Dieu ! Vous n'entendrez point la messe, cette nuit. — Sœur Calixte, qu'avons-nous dans le trésor ?

SOEUR CALIXTE

Trois cent vingt-trois louis d'or, douze écus, plus douze sols de la quête d'aujourd'hui.

L'ABBESSE

Vous les distribuerez demain aux pauvres.

(*La porte des stalles s'ouvre : les nonnes s'enfuient et disparaissent comme des ombres.*)

SARA, L'ABBESSE, L'ARCHIDIACRE, SOEUR LAUDATION, SOEUR ALOYSE

L'ABBESSE *descend et s'approche de l'Archidiacre ; puis, debout près de lui sur les degrés de l'autel, elle parle d'une voix sourde et entrecoupée par une émotion terrible, en montrant du doigt Sara.*

Mon père, ceci est l'acte d'une possédée. Il faudra purifier l'église demain avec du feu ! Je vous laisse. Je me sens glacée et interdite. Le sacrilège... oh ! le sacrilège est tellement grand que la miséricorde infinie seule, entendez-vous bien, peut l'effacer ! Ce que vous ordonnerez sur cette fille funeste, notre ancienne compagne, sera exécuté.

(*Sœur Laudation, qui est demeurée à genoux auprès d'un pilier, se redresse et, soudainement, s'approche de Sara.*)

SŒUR LAUDATION, *en courroux et la regardant.*

Pestiférée !...

(*Elle va la frapper au visage ; sa main est levée : elle s'arrête. Sara ne lève pas même les paupières et ne tressaille pas.*)

L'ABBESSE

Tourière, éloignez-vous de cette femme et contenez vos indignations dans le saint lieu !

SŒUR LAUDATION, *à elle-même, pensive et se retirant vers les stalles.*

Quelle terreur m'a retenu le bras ? Pourquoi n'ai je pas frappé ?

L'ABBESSE, *très bas, à l'Archidiacre.*

Rappelez-vous surtout ce dont je vous ai prévenu tout à l'heure ! Sondez ce cœur sombre. Le secret ! mon père, le secret !

(*Elle descend, et relève entre ses bras sœur Aloyse, qui revient à elle.*)

SŒUR ALOYSE, *d'une voix éteinte, pendant que l'Abbesse l'entraîne toute éperdue.*

Adieu, adieu, Sara !

(*L'Abbesse, chancelante, l'a emmenée vers la porte du cloître. Elles sortent. Sœur Laudation les suit, après un dernier et sinistre regard jeté sur Sara. L'instant d'après, on entend le bruit de la lourde serrure qui se ferme au dehors. Sara et l'Archidiacre sont seuls.*)

L'ARCHIDIACRE, SARA

L'ARCHIDIACRE, *terrible.*

Femme, tu as été lâche. Tu as rougi de Celui qui rougira de toi. Tu as effrayé des âmes aussi pures que l'Etoile du matin ! Tu as bravé la divine colère, outragé Celui qui t'a tirée du néant et qui t'offrait son royaume. Tu t'appelles Lazare, et tu as résisté à la voix souveraine qui te criait de sortir. Tu as refusé ta place au banquet, et cela devant moi qui ai mission de te contraindre à t'y asseoir. Car, de même que les lois inclinent ou obligent les hommes au devoir, de même Dieu, principe et fin de toute loi, de tout devoir et de toute force, peut plier et violenter (miraculeusement) les consciences et les libertés.

(*Un silence.*)

Au nom de ton salut, pour lequel, sur la montagne éternellement mystérieuse, il rendit l'esprit sur l'inévitable Croix, je ne veux voir en toi qu'une victime affolée par les princes de l'Enfer. Qu'espères-tu ? L'éviction de ce monastère ? Non, insensée, tu ne sortiras pas !... Hé ! où veux-tu donc aller ? Si, au fond de ton cœur, quelque secret solitaire se cache comme un serpent dans un rocher, oublie-le, car il te sera stérile... Tu es pauvre, ayant abandonné tes biens à la cause de la Foi ..comme par un dernier mouvement de l'inspiration divine et de la Grâce !...Non, tu n'iras point par les chemins comme une errante, jeter à tous les vents, pareille aux humains, le peu qui te reste de ton âme ! Nous répondons, entends-tu, de cette âme-là !... Te penses-tu libre devant nous, qui avons appris aux hommes à morigéner la Force et qui savons, seuls, en quoi consiste le droit ? Qu'était-ce donc, une femme, ici-bas avant les Chrétiens ? C'était l'esclave. Nous l'avons affranchie et délivrée... et tu prononcerais, devant nous, le mot de liberté, comme si nous n'étions pas la Liberté même ! Ecoute, et pèse bien mes paroles : notre Justice et notre Droit ne relèvent point de ceux des hommes C'est nous qui, dans leur intelligence, essentiellement fratricide, avons fondé et allumé, pour leur salut, ces idées dominatrices. Ils l'ont oublié, je le sais. Aussi en parlent-ils, à cette heure, comme ils parlaient dans la Tour de Babel, sans pouvoir s'entendre les uns les autres sur le sens du verbe détourné ; c'est là le châtiment de leur vieil orgueil. Notre toute-puissance sur la Terre est la base des sociétés universelles. Nul ne peut la contrôler, car une conséquence ne peut révoquer son principe en doute ou en examen, sous peine de cesser d'être, elle-même, une certitude ; et tout homme, esclave ou prince, ne peut nous reprocher notre nourriture qu'avec notre pain dans la bouche. Nous avons l'Autorité. Nous la tenons de Dieu, et nous la garderons, entre nos mains profondes, jusqu'à la consommation des siècles. Et cela, malgré les menaces de l'Avenir, les illusions de la Science, et toute l'infecte fumée du cerveau mortel ! Afin que la parole soit accomplie : *Stat Crux dum volvitur Orbis.* Qu'on nous frappe, qu'on nous délaisse, qu'on nous oublie, qu'on nous haïsse, qu'on nous méprise, qu'on nous tue, qu'importe ? Vanité que tout cela ! Rébellions stériles. Forts de notre conscience à jamais solide et introublée, nous serons de ceux que saint Ambroise appelle : « *Candidatus Martyrum Exercitus !* » Enfin (et c'est ceci qui importe en cette heure effrayante), nous avons un droit de qui tout autre procède, comme le Fils du Père, comme l'Esprit du Père et du Fils ! Et il n'est pas d'autre pensée initiale, sur la Terre comme aux Cieux.

(*Un silence.*)

En conséquence, Sara, puisque, par miracle, il m'est donné de pouvoir agir, ici, d'une manière efficace et salutaire, je me saisis de la Force, au nom de Dieu, contre toi, pour te sauver de ta nature affreuse ! Tu retourneras au cachot ! Tu y jeûneras jusqu'à ce que ta misérable chair, qui se révolte, soit matée ! Ta beauté, c'est de l'enfer qui apparaît ! Tes cheveux te tentent ! Tes regards sont des éclairs de scandale ! Tout cela doit s'éteindre vite et en poudroyant ; car c'est une illusion des ténèbres extérieures où tout se transforme et s'efface... j'en prends à témoin le ver de terre. Tu ne saurais te voir telle que tu es en ce moment sans mourir ! T'imagines-tu que Madeleine n'était pas aussi belle ? Sache-le bien, dès qu'elle se fût reconnue, éclairée par un regard de Dieu, la sublime pécheresse en expira de confusion. Prie, comme elle a prié, si tu veux obtenir ce qui nous éclaire. Qu'elle soit ton exemple, jusqu'à ton dernier soupir! Et tu seras notre sœur, notre sainte et digne fille, notre enfant!

(Un silence.)

Un jour peut-être, si ton repentir est sincère, reviendras-tu parmi nous. J'en doute; mais mon devoir est de l'espérer... car la Miséricorde et l'Amour divins sont sans limites en Dieu, pour sa créature. Jusque-là nous prierons pour toi, jour et nuit, dans les larmes et le jeûne!... Moi-même, en prononçant la formule d'exorcisme, je revêtirai le cilice à votre intention.

(Il descend. Impénétrable, Sara n'a point tressailli une seule fois, ni relevé les yeux.)

Mais voici une inspiration qui me vient directement du Ciel! Sous cette dalle repose, parmi les Anges, la sainte fondatrice de cette antique abbaye, la bienheureuse Appollodora. Ce caveau, le voisinage de ces reliques thaumaturges, c'est l'*in-pace* qui vous convient. C'est là que la très bénigne intercèdera pour vous, à vos côtés, pendant la veille et le sommeil, sanctifiant votre pain et votre eau, si vous êtes en sa commémoration.

(Il se baisse, fait glisser les deux verrous de la dalle funèbre, saisit l'anneau et soulève la pierre. Les marches d'une excavation sombre apparaissent. La pierre reste ouverte, toute droite.)

C'est ici la porte... Janna... par laquelle j'ai droit de vous contraindre à entrer dans la vie; car, ainsi que le dit avec profondeur saint Ignace de Loyola, « la fin justifie les moyens ». Et il est écrit: « Forcez-les d'entrer... » Venez, ma fille chérie! ma fille bien-aimée!... Descendez ici. Soyez dans la félicité! C'est l'aumône que vous nous avez faite qui vous vaut, sans doute, cette dernière grâce: profitez-en. Bénissez donc votre épreuve et, à votre tour *(il se jette à genoux devant elle)*, priez pour moi!

(Sara lève enfin les yeux sur le prêtre. Elle regarde le sépulcre qui s'ouvre auprès d'elle. Muette, et sans que ses traits trahissent une impression quelconque, elle marche vers un pilier. Elle saisit, parmi les ex-voto suspendus par la reconnaissance des marins, une vieille hache double, une guisarme, puis revient, toujours lente et glacée. Arrivée près du trou béant, elle étend simplement le doigt vers la fosse et fait au vieux prêtre un signe vague et impératif: celui de descendre, lui-même, dans le tombeau. Interdit, l'Archidiacre recule. Sara s'avance vers lui, la hache haute, cette fois, et étincelante; le tranchant effleure très rapidement les tempes du prêtre. Le vieillard regarde autour de lui, puis la regarde elle-même. Il se voit seul et l'arme redoutable au jeune poing, calme et rebelle, semble prête à s'abattre comme l'éclair, si sa bouche s'ouvre. Il sourit avec une sorte d'amère pitié, hausse les épaules tristement et, comme pour épargner un crime plus horrible, il obéit, sous les yeux froids de Sara. Il s'enveloppe d'un grand signe de croix et descend les degrés; peu à peu, sa tête s'enfonce et disparaît.)

LA VOIX DE L'ARCHIDIACRE, sous la tombe.

20

Scène IX

In te, Domine, speravi; non confundar in æternum!

SARA, seule.

Sara jette la hache, d'un geste fait retomber la pierre, et pousse dédaigneusement, du bout de sa sandale, chaque verrou. Cela fait, elle s'approche de la fenêtre et secoue la corde du vitrail; la fenêtre s'ouvre violemment, toute grande. Une bouffée de neige et de vent nocturne envahit l'église et éteint les cierges brusquement.

Alors Sara déchire, dans l'ombre, le drap funèbre et noue solidement l'une à l'autre les deux moitiés. L'instant d'après, ayant jeté un froc de pèlerin sur ses vêtements de fête, et debout sur la chaise abbatiale, elle atteint, d'un élan svelte et vigoureux, l'un des barreaux de fer, le saisit d'une main et se dresse d'un bond sur le bord de la fenêtre.

Puis elle se glisse, entre les barreaux, sur le bord extérieur, et regarde, au dehors, en bas, dans l'espace, au loin, dans l'infini.

Au dehors, la nuit apparaît, affreuse, obscure, sans une étoile. Le vent siffle et rugit. La neige tombe.

Sara se retourne, attache à un barreau le drap tordu et déchiré, éprouve d'une secousse. Puis elle se baisse, décroît et disparaît, au dehors, suspendue dans la nuit pluvieuse et glacée, silencieusement.

~~(Le rideau tombe.)~~

Villiers de l'Isle-Adam

(à suivre)

LA

EUNE FRANCE

Novembre 1885

AXËL

PERSONNAGES

AXEL, d'Auërsperg.
L'ARCHIDIACRE.
Maître JANUS.
Le commandeur KASPAR d'Auërsperg.
UKKO, page d'Axël d'Auërsperg.
Herr ZACHARIAS, intendant du burg d'Auërsperg.
GOTTHOLD, serviteur du comte d'Auërsperg.
HARTWIG, — —
MIKLAUS, — —
LE DESSERVANT de l'office des morts.
ÈVE SARA EMMANUÈLE, princesse de Maupers.
L'ABBESSE.
Sœur ALOYSE.
Sœur LAUDATION, tourière.
Sœur CALIXTE, économe.
Religieuses du cloître de Sainte-Apollodora.
Chœur des vieux serviteurs militaires d'Auërsperg.
Chœur des bûcherons.

L'action se passe en ce siècle. La première partie sur les confins du littoral de la Flandre française ; les autres en Allemagne septentrionale.

AXËL

PERSONNAGES

AXEL D'AUERSPERG.
L'ARCHIDIACRE.
Maître JANUS.
Le commandeur KASPAR D'AUERSPERG.
UKKO, page d'Axël d'Auërsperg.
Herr ZACHARIAS, intendant du burg d'Auërsperg.
GOTTHOLD, serviteur du comte d'Auërsperg.
HARTWIG, — —
MIKLAUS, — —
LE DESSERVANT de l'office des morts.
ÈVE SARA EMMANUÈLE, princesse de Maupers.
L'ABBESSE.
Sœur ALOYSE.
Sœur LAUDATION, tourrière.
Sœur CALIXTE, économe.
Religieuses du cloître de Sainte-Apollodora.
Chœur des vieux serviteurs militaires d'Auërsperg.
Chœur des bûcherons.

L'action se passe en ce siècle. La première partie sur les confins du littoral de la Flandre-française ; — les autres en Allemagne septentrionale.

PREMIÈRE PARTIE

~~LE MONDE RELIGIEUX~~

« *ET COMPELLE INTRARE* ! »

NOUVEAU TESTAMENT.

Le chœur claustral dans la chapelle d'une vieille abbaye.

Au fond, grande fenêtre à vitrail. A gauche, les quatre rangs des stalles. Elle s'élèvent insensiblement en hémicycle, contre la grille circulaire fermée et voilée de draperies. Au fond, près de la grille, porte basse, aux degrés de pierre, communiquant au cloître.

A droite, faisant face aux stalles, les sept marches et le parvis du maître-autel invisible... Le tapis se prolonge jusqu'au milieu de la scène, au bord des dalles tumulaires. Sur la deuxième marche, clochette et encensoir d'or. Plus haut, corbeille de fleurs. La lampe du sanctuaire éclaire seule l'édifice, entre les grands piliers, chargés d'*ex-voto*, qui supportent l'abside principale, où est élevée sur des ailes, la chaire de marbre blanc.

Au lever du rideau, une forme humaine, long-voilée et les pieds nus sur des sandales, se tient debout sous la lampe. — Entrent, au fond de la scène, l'abbesse et l'archidiacre en habits sacerdotaux.

Le prêtre s'agenouille devant l'autel et demeure en prière : l'abbesse s'approche de l'être voilé dont elle découvre la tête brusquement.

Un visage d'une beauté mystérieuse apparaît; c'est une femme. Elle est immobile, les bras croisés, les paupières baissées. L'abbesse la regarde pendant quelques instants en silence.

SCÈNE PREMIÈRE

SARA, L'ABBESSE, L'ARCHIDIACRE, puis sœur ALOYSE

L'ABBESSE

Sara! le minuit de Noël va sonner, remplissant nos âmes d'allégresse! L'autel va s'illuminer, tout à l'heure, comme une arche d'alliance! nos prières vont s'envoler sur l'aile des cantiques. Avant que cette heure passe dans les cieux, il importe que je vous notifie la résolution sacrée que j'ai prise touchant votre avenir.

Souvenez-vous, Sara! Votre père et votre mère, aux approches de la mort, me mandèrent en leur manoir pour vous confier à moi. Depuis sept ans vous vivez en ce cloître, libre comme un enfant dans un jardin. Cependant, les jeux des enfants vous furent toujours étrangers et je ne vous ai jamais vu sourire. Que peut signifier une nature aussi studieuse et aussi solitaire? — Est-ce de relire sans cesse tous nos vieux livres qui vous humiliera l'esprit?

Écoutez, Sara, vous êtes une âme obscure. Sur votre visage toujours pâle brille le reflet d'on ne sait quel orgueil ancien. Il sommeille en vous. Oh! les harmonies que vous tirez de l'orgue vous ont trahie! Elles sont tellement sombres que j'ai dû prier sœur Aloyse de le tenir à votre place. — Malgré la réserve et la simplicité de vos rares paroles et de tous vos actes, je vous ai méditée longtemps et attentivement. Je sens que je ne vous connais pas. Vous vous soumettez avec une sorte d'indifférence taciturne aux pratiques de notre obédience. — Prenez garde à l'endurcissement du cœur!

Ma fille, vous êtes une lampe dans un tombeau. Je veux vous raviver pour l'Espérance! Vanité que la vie sans la prière. La vingt-troisième année de vos jours s'est accomplie; ce qu'il faut pour vous secourir, c'est l'onction — c'est l'onction! Et que vous soyez toute à Dieu qui pacifie les cœurs inquiets. Certes, selon les hommes, je devrais admettre que vous êtes libre de nous quitter; mais selon Dieu, moi qui ai charge de votre âme, puis-je vous laisser rentrer dans le monde, seule, riche et aussi belle, au milieu des tentations (dont je n'ignore pas les séduisantes violences, non plus que le désenchantement mortel)? — Ai-je le droit, alors que vous m'avez été confiée, de ne pas agir, en cette circonstance, pour le mieux de votre bonheur réel, incapable que vous êtes de le discerner? — L'expérience des voluptés conduit au désespoir : plus tard, malgré votre volonté, vous seriez sans force pour revenir; je dois le prévoir pour vous. Quoi! le vertige vous guette au bord du gouffre et je n'aurais pas le droit de vous préserver de son attirance! Mon inaction actuelle serait une faiblesse dont vous sauriez me demander compte un jour. — Ne point vous retenir quand vous voulez plonger dans les ténèbres! sans directeur ni famille et avec l'esprit ardent que je devine sous vos paupières baissées! Non, non! Vous ne sauriez vous conduire, dans le monde, selon Dieu. Je vais donc vous offrir à lui ce soir même. Oui, cette nuit...

Un silence

Ma fille, lorsqu'il y a trois mois je vous fis des ouvertures à ce sujet, j'essuyai de votre part, un refus. J'eus recours à l'*in-pace*, aux privations sévères, aux mortifications... Et pendant que vous subissiez, résignée d'ailleurs, votre pénitence, je faisais prier pour vous et j'intercédais moi-même avec ferveur, offrant mes larmes à Celui qui est tout pardon.

Ne me forcez donc plus à recourir à des rigueurs pour vous faire rentrer en vous-même et vous pousser, pour ainsi dire, vers le Ciel. Aujourd'hui, en ce beau soir de fête, je vous ai tirée de votre cachot; j'ai choisi cette nuit bienheureuse pour vous consacrer au Seigneur, au milieu des fleurs, des lumières et de l'encens. Vous serez la fiancée amère de ce soir nuptial.

Ainsi la grâce descendra sur vous; l'oubli vous rendra l'esprit moins inquiet; vous sentirez bientôt le poids de l'amour divin; et, un jour (il n'est pas loin, peut-être)! tressaillant au souvenir de cette heure sainte, vous m'embrasserez, les joues baignées de pleurs d'extase et de joie. — Et ce sera le touchant l'édifiant spectacle réservé aux vierges qui demeurent assises à l'ombre de cet autel. Et vous comprendrez alors ce que j'ai osé faire, ce que j'ai pris sur moi d'accomplir. — Allons, soyez en paix.

Elle se détourne

— Sœur Laudation, allumez les cierges.

L'autel s'illumine peu à peu durant la fin de la scène

Maintenant, ma sœur et ma fille, je vous l'ai dit : vous êtes une riche de ce monde. Ici l'on entre en se dépouillant de tout orgueil et de toute richesse. Nous sommes pauvres; mais ce que nous avons, nous le donnons; la pauvreté ne s'anoblissant que par la charité. On vous a légué châteaux, palais, forêts et plaines. Voici le parchemin dans lequel vous faites abandon de tous vos biens à la communauté. Voici une plume. Signez.

Sara décroise les bras, prend la plume et signe impassiblement

Bien. C'est cela même.

Elle regarde Sara qui est rentrée dans son immobilité

Merci.

A part, en se dirigeant vers l'archidiacre

Que Dieu me voie et me juge!

Arrivée auprès du vieux prêtre, elle lui touche l'épaule et lui parle à voix basse

L'ARCHIDIACRE, *se levant et à voix basse*

Le jeûne, le cachot et le silence font de la lumière en ces âmes orgueilleuses : il fallait cela ! il faut cela.

Haut, s'approchant de Sara

Sara, sœur Emmanuèle en Dieu ! Les quelques doutes se sont dissipés qui nous faisaient appréhender autour de vous la présence du malin esprit. Bien est-il vrai qu'en un tel jour nous eussions écarté de nos pensées, à votre sujet, toute supposition inquiète : mais l'aumône que Dieu vous a donné pouvoir de nous faire achève de vous purifier, à nos yeux de tout soupçon de tiédeur. Elle militera pour vous dans les abandonnements et dans les dérélictions. Je vais vous recevoir dans un instant parmi celles qui, dorénavant, sont vos sœurs. Dès longtemps vous fûtes considérée par elles et par nous comme une appelée et comme une élue. Votre noviciat est fini.

L'ABBESSE

Ma fille, nous allons vous revêtir de la robe nuptiale et ceindre ce front de la couronne des vierges sacrées en symbole des noces futures. Puis, vous viendrez ici, à cette place, au milieu des cantiques. Là, vous vous étendrez en signe de mort et sur vous sera jeté le drap des trépassés. Sous cette dalle, repose la bienheureuse qui fonda ce monastère, et que vous prierez particulièrement durant l'offertoire. Une fois les vœux prononcés, votre chevelure mondaine tombera sous le ciseau de notre règle. Puis, on vous revêtira du saint costume que vous garderez jusqu'à la fin de vos jours d'épreuve ici-bas.

Une jeune religieuse, une enfant, d'une figure charmante, apparaît derrière l'autel, au fond de la scène. Elle semble un peu pâlie. Elle regarde Sara.

Pour moi, je partirai bientôt pour mon éternité ; vous hériterez de ma crosse d'ivoire et vous ferez, à votre tour... ce que je fais.

Se détournant

Venez, sœur Aloyse !

La religieuse s'approche

SCÈNE II

LES MÊMES, sœur ALOYSE

L'ABBESSE, *continuant*

Sœur Aloyse, voici la compagne, la sœur préférée que vous aimez avec tendresse et qui est notre fille chérie. Votre voix lui sera plus douce que la mienne et je compte sur vos bonnes paroles pour dissiper les tentations qui pourraient s'élever dans son cœur à cette heure suprême.

Un silence

Vous l'aimez beaucoup, n'est-ce pas?

SŒUR ALOYSE, *grave*

Oui, ma mère.

L'ABBESSE

Je la confie à votre dilection. Vous veillerez et prierez avec elle dans l'oratoire jusqu'à l'avant-quart de minuit.

L'Abbesse remonte vers le fond de la scène où se tient l'Archidiacre. Le prêtre parcourt maintenant des parchemins et des papiers auprès d'une lampe que vient de poser sur une stalle sœur Laudation

SŒUR ALOYSE, *à part, s'approchant de Sara*

Mon Dieu!

Joignant les mains sur l'épaule de Sara, et d'une voix très basse, presque indistincte.

Sara! souviens-toi de nos roses dans l'allée des sépultures! Tu m'es apparue comme une sœur inespérée. Après Dieu, c'est toi. Si tu veux que je meure, je mourrai. Rappelle-toi mon front appuyé sur tes mains pâles, le soir, au tomber du soleil. Je suis inconsolable de t'avoir vue. Hélas! tu es la bien-aimée... J'ai la mélancolie de toi. Je n'ai de force que vers toi.

Un silence

Cède; deviens comme nous, sous un voile! Partage l'épreuve d'un instant. Tu sais bien que nous ne pouvons pas vivre! Si vite nous serions ensemble, au même ciel, avec une seule âme... Sara, vois le ciel étoilé au fond de mes yeux... là, s'éloignent des cieux toujours étoilés! Laisse-toi venir! Je veux te parer moi-même comme une fiancée divine, une épouse ineffable, un être céleste. La douleur m'a rendue charmante et tu ne me repousseras plus avec tristesse si tu me regardes. Quelles paroles trouver pour te fléchir? Sara, Sara!

(Taciturne, Sara décroise les bras : son front s'incline sur celui de la novice. Celle-ci lui prend la main. Toutes deux traversent le sanctuaire.)

Oh! n'appuie pas ton front... mes genoux chancellent.

(Sara s'est redressée et, soutenant d'une main sœur Aloyse, devenue blanche comme son voile, toutes deux sortent, lentement, au fond de la scène.)

L'Abbesse, *debout, adossée à un pilier, pensive et les suivant des yeux*

C'en est fait! l'enfant éprouve déjà les ravissements et les enivrements de l'enfer. Séduction des anges de ténèbres! L'excessive, la dangereuse beauté de Sara trouble et inquiète de son scandale ce cœur élu.

(Réfléchissant)

Sœur Aloyse lui coupera les cheveux cette nuit; elle restera sans voile, et ainsi dénudée, jusqu'à l'Épiphanie.

L'Archidiacre, *venant vers elle*

Ma sœur, voici les parchemins de Sara de Maupers et les actes qui la concernent; ils sont devenus la propriété du couvent; les richesses qu'ils représentent suppléeront à la modicité de notre mense; recevez-les; vous les enverrez demain à l'économat.

SCÈNE III

L'ABBESSE, L'ARCHIDIACRE, puis SŒUR LAUDATION

L'Abbesse, *prenant les parchemins, indifféremment*

Je vous rends grâces, mon père.

(Au moment de les rouler et de les lier ensemble, son regard devient plus attentif.)

8

C... ... Je les ai vues déjà ! — L'écusson oriental, ...? Et ce cimier grilleté d'or...

(... penche, près de la lampe, sur les titres.)

D'azur au ... d'or ..., à la tête de mort sablée, chellée de gemmes, ailée d'argent sur le septénaire d'étoiles de même, en abîme, avec l'exergue courant sur les lettres du nom :

MACTE ANIMO ! ULTIMA PERFULGET SOLA

(Un silence.)

Paroles prophétiques si Dieu le permet : Sara n'est-elle pas la dernière fille des princes de Maüpers ?

L'ARCHIDIACRE, se rapprochant

Vous voulez déchiffrer l'héraldique de cette maison ? J'en lisais ... la légende tout à l'heure. Ceci est, effectivement, l'écusson de Maupers, qui le partage même, d'une façon des plus singulières, avec une haute maison d'Allemagne, les comtes d'Auërsperg, — une souche illustre et nombreuse !

L'ABBESSE, après un mouvement

Auërsperg !... Et ..., dans cette histoire, ne peut devenir important au sujet du patrimoine de Sara ?

L'ARCHIDIACRE

Point ne le suppose : il s'agit simplement d'un récit de chevalerie et de croisades où le merveilleux l'emporte sur le réel. Voici : les chefs de ces deux familles furent en même temps, paraît-il, ambassadeurs de Guillaume le Taciturne près du soudan (le soudan El Halab, dit la chronique de l'époque). — Or, un mage, qui assistait le conseil secret du prince égyptien, ... présent de ce blason aux deux chevaliers. Seulement la devise d'Auërsperg est plus incompréhensible :

ALTIUS RESURGERE SPERO GEMMATUM.

Laissons là ces traditions. La récipiendaire doit s'apprêter pour la prise du voile, n'est-ce pas ? Elle est au fait du rituel de notre liturgie.

L'ABBESSE, soucieuse, l'interrompant

Mademoiselle de Maupers se prépare pour la cérémonie, oui.

(changer cette ligne comme il suit)

convainquit les deux chevaliers de substituer les sphinx aux lions qui supportaient leur écusson commun.

9

mon père.

Un silence; puis, comme cédant, tout à coup, à une obsession intérieure.

Avant l'office divin, laissez-moi réclamer vos lumières sur un ensemble de circonstances spéciales dont le souvenir vient encore de me préoccuper l'esprit... Ces circonstances m'ont suggéré une supposition... d'un ordre tellement extraordinaire... que j'hésite à prendre ici, de mon chef, le pressentiment pour la certitude : j'ai besoin de votre avis. Il s'agit de Sara. — Mon père, cette jeune fille est un cœur fermé et qui sait beaucoup de choses.

L'ARCHIDIACRE

Je me méfie aussi de la brebis rétive. Toutefois, je pense qu'à la longue le régime conventuel réduira cette sauvage enfant ; qui, j'espère qu'avec la grâce et la direction vers Dieu, tout ira bien. — Voyons, sa conduite est-elle essentiellement délictueuse ?

L'ABBESSE

Elle est trop froidement exemplaire. Je l'ai souvent punie, pour éprouver sa constance. Elle a tout accepté ; mais, je vous le dis, mon père, sa soumission n'est qu'extérieure. Le châtiment s'émousse sur elle et la corrobore en son orgueil.

S'interrompant, comme à elle-même :

Cette fille est comme l'acier, qui se plie jusqu'à son centre, puis se détend ou se brise ; elle a (s'il est permis d'oser une telle expression) l'âme des épées. Et, plus d'une fois, sa vue m'a troublée, moi-même, d'une sorte d'angoisse occulte.

L'ARCHIDIACRE

A-t-elle jamais tenté de s'enfuir du prieuré ?

L'ABBESSE, *secouant la tête*

Elle se sent observée nuit et jour avec vigilance ; une tentative d'évasion l'exposerait à une réclusion plus sévère.

L'ARCHIDIACRE, *la regardant, et après un moment*

Il faut aussi prendre garde, en ces sortes de jugements, de parler soi-même sous l'empire du diable! — Il sera bon de continuer les précautions prises à l'égard de sœur Emmanuèle. Voilà tout.

L'ABBESSE, *avec un sourire vague et froid*

Sous l'empire du démon?... Eh bien! mon père, jugez vous-même: voici les faits dans leur succession précise. Je les trouve sombres.

Un silence. Elle s'asseoit, s'accoude à une stalle, médite quelques moments, puis lentement, et levant les yeux sur l'Archidiacre, qui se tient debout en face d'elle :

Vous le savez, les Rose-Croix ont habité, il y a trois siècles, cette abbaye. Ils ont laissé là-haut divers ouvrages touchant, disent-ils, les dialectes syriens, les idiômes oubliés que l'on parlait à Ghéser et à Saba. — que sais-je?... Nous avons conservé ces documents à titre de curiosités. — Tout d'abord, n'est-il pas merveilleux que j'aie souvent surpris Sara plongée dans une étude patiente de ces ouvrages? Ah! je vous prie, remarquez bien ce point, qui pourra devenir intéressant tout à l'heure.

L'ARCHIDIACRE, *souriant*

Le fait est qu'elle eût mieux agi en méditant ses *Laudes*. Il faut anéantir ces volumes, dès demain, par l'incinération. Les Rose-Croix avaient coutume, pour échapper au bûcher, de dissimuler, sous des prières apparentes, d'abominables formules....

L'ABBESSE

Ces livres sont, à présent, — mais bien tard! — dans ma cellule. — Or, il y a trois ans, un matin d'hiver, — c'était la veille de la Chandeleur, je m'en souviens, — je descendis d'assez bonne heure dans la bibliothèque; j'y trouvai Sara de Maupers. Elle y avait passé la nuit, toute seule, et malgré le froid rigoureux. Elle ne me vit pas entrer; elle ne me vit pas l'observer... Elle achevait de brûler à sa lampe le premier feuillet d'un poudreux missel, la première feuille de parchemin de ce gothique livre d'heures, à formoir d'émail, qui nous fut envoyé d'Allemagne, autrefois, par un correspondant du patriarche Pol, notre pieux évêque.

L'ARCHIDIACRE

Oui... je me souviens... par un vieux médecin que le patriarche lui-même ne connaissait pas et n'avait jamais vu... maître Janus.

(Les sept flammes, autour de la lampe du sanctuaire, jettent une lueur très vive, puis s'éteignent, toutes à la fois.)

L'ABBESSE, *appelant*

Sœur Laudation !... Vite ! — La lampe ! la lampe !... D'où cela peut-il venir ? — Vous ferez la coulpe au réfectoire !

(Sœur Laudation accourt en joignant les mains.)

SŒUR LAUDATION

Ma mère, j'ai oublié de la remplir, ce soir ! C'est vrai ! Et ceci ne m'est jamais arrivé depuis que j'ai les clefs à ma ceinture.

(Elle rallume la lampe, silencieusement, puis se retire derrière l'autel.)

L'ARCHIDIACRE

Vous disiez donc, ma sœur, que Sara détruisait ce parchemin ?

SCÈNE IV

L'ARCHIDIACRE, L'ABBESSE, seuls

L'ABBESSE

Mon père, vous rappelez-vous le feuillet dont je vous parle ? Il était couvert de caractères d'une forme surprenante, auxquels nous n'accordâmes que peu d'attention, ne pouvant les traduire.

L'ARCHIDIACRE

En effet : une invocation pieuse, sans doute ?

L'ABBESSE, *de plus en plus pensive*

Ces caractères ressemblaient, très étrangement, à ceux dont la signification est donnée dans les livres des Rose-Croix ! Le parchemin était surajouté, dans le missel, et timbré du sceau de ces armoiries.

(Elle montre les titres.)

L'ARCHIDIACRE, *après un moment*

Je ne distingue pas encore bien votre pensée. Continuez, ma sœur. Comment cette action insignifiante... et même louable, dans une certaine mesure?...

L'ABBESSE, *lentement, les yeux fixes et comme se parlant à elle-même*

Les traits de Sara brillaient, en ce moment, d'une expression de joie mystérieuse ! d'une joie profonde et terrible. Non, ce qu'elle venait de lire n'était pas une prière !... son aspect avait quelque chose de solennellement inconnu, d'inoubliable. — Je l'interrogeai, les yeux sur les siens, à l'improviste. — Le regard qu'elle leva lentement sur moi fut si atone, qu'il me causa l'impression d'un danger. Elle me répondit, après un silence et une grande pâleur, qu'elle venait d'anéantir, simplement, un vain souvenir d'orgueil... ses propres armoiries, reconnues sur cette page. — Ferveur suspecte ! — Je relus la lettre du patriarche pour m'assurer de la vérité. Le livre provenait, en effet, de la défunte châtelaine d'Auersperg, et ceci semblerait expliquer, aujourd'hui, les paroles de Sara... Cependant, mon père, j'ai gardé, je l'avoue, de cet instant qui a duré un éclair, oui, j'ai gardé certaine pensée... Oh ! une pensée vague, superstitieuse peut-être, mais dont je ne puis me défendre !... Le soupçon que j'ai sur Sara peut, seul, nous conduire à la clef de cette nature insolite et glaciale qui nous apparaît en elle. Ne l'avez-vous pas vue souvent, comme moi, marcher sous les arceaux du cloître, concentrée et comme perdue dans on ne sait quel rêve taciturne?

L'ARCHIDIACRE, *la regardant avec attention*

Vous pensez que cette jeune fille?...

L'ABBESSE, *devenue assombrie*

Oui, c'est mon intime conviction. Je pense que Sara de Maupers a déchiffré quelque avis ténébreux; quelque étrange renseignement, une suggestion, un secret, oui, mon père, et même un secret redoutable, peut-être! — enseveli dans ce feuillet détruit.

L'ARCHIDIACRE, *après un moment*

Dites-moi, les portes publiques seront bien fermées ce soir, n'est-ce pas?

L'ABBESSE

Les barres de fer du portail de l'église sont fixées. L'église restera déserte. Les marins et les gens du hameau entendront à la ville la messe de minuit.

L'ARCHIDIACRE

Bien. Une fois les vœux prononcés, il faudra qu'on exerce une surveillance extrême sur elle.

L'ABBESSE, *à demi-voix*

Mais, enfin!... Elle ne s'accuse donc pas, celle-ci, lorsqu'en votre tribunal et à genoux...

L'ARCHIDIACRE, *l'interrompant*

Ici, je ne puis répondre. Parlons de ce que nous savons. Les vœux donnent des grâces spéciales, et nous voyons qu'elle en a grand besoin. J'ai bien peur, il est vrai, que les macérations ne lui soient, en quelque sorte, une nécessité...

L'ABBESSE, *calme*

Certes, il faut la sauver! D'elle-même! Et, si elle a dans le cœur quelque ivraie infernale, la lui déraciner pour son salut! — Et tenez, mon père, voyez jusqu'où va la puissante séduction de cette jeune fille! J'ai prié la plus jeune de nos converses, sœur Aloyse, qui est un cœur simple et une âme d'ange, de rechercher sa compagnie. — J'espérais surprendre ainsi, tôt ou tard, quelques paroles échappées... touchant l'impénétrable arrière-pensée de Sara. — Qu'est-il arrivé? une chose inattendue, invraisemblable. — Le visage, l'extraordinaire beauté de mademoiselle de Maupers ont fasciné très profondément sœur Aloyse : elle est devenue silencieuse et comme éblouie.

L'ARCHIDIACRE, *après un tressaillement*

Prenez garde !... Ceci tient des envoûtements anciens ! Les immondes fièvres de la Terre et du Sang dégagent de mornes fumées qui épaississent l'air de l'âme et cachent, absolument, tout à coup, la face de Dieu. Le jeûne, la prière, sont quelquefois impuissants !... C'est une chose dangereuse, une chose dangereuse.

L'ABBESSE, *calme*

Mon père, j'ai conjuré d'autres périls. Pendant que cette nuit vous célébrerez sur Sara l'office des Morts, sa caution à l'interrogatoire sera précisément sœur Aloyse. Je l'ai choisie pour l'interprète. Quant à votre exhortation, vous pourrez parler à Sara, mon père, en déployant toute la science de l'Église. Oui virilement, comme s'il vous fallait frapper le cœur et l'esprit des plus dangereux athées !... L'esprit surtout ! Le sien, je le crois des plus abstraits, des plus profonds... Mon troupeau d'âmes blanches ne vous comprendra pas : le scandale des sceptiques de l'École n'est donc pas à craindre. — Elle seule vous suivra, j'en suis sûre, aisément, dans ces abîmes de l'examen mental, qui ne lui sont que trop familiers.

(Un silence. Elle se presse la main sur le front.)

— Je devrais la croire bien disposée, cependant. Voyez, elle vient de signer, entre mes mains, le renoncement à ses biens terrestres.

L'ARCHIDIACRE, *regardant l'acte de donation*

Oh ! que de pauvres à nourrir ! par centaines ! Que de pèlerins à soulager !... Peut-être qu'une grâce efficace l'a touchée ! peut-être sommes-nous tourmentés par une de ces tentations stériles, envoyées par les Esprits du mal, dans les circonstances solennelles, pour alarmer notre faiblesse.

L'ABBESSE

Que de lits pour les malades ! Que de pain blanc et de vin cordial ! Que de bien à faire, avec cet or arraché à Mammon !

L'ARCHIDIACRE, *souriant*

Comment ! Que dites-vous là ? Rêvons-nous ?

L'ABBESSE

Ah ! si j'osais révéler. . toute ma pensée ! Si j'ajoutais que son très étendu savoir, maintes fois transparu en ses précises et brèves réponses, m'a donné, trop tard, à entendre, — alors que je pensais l'avoir laissé jouer à lire, — que son entendement extraordinaire avait saisi, sans secours, jusqu'aux arcanes de toute l'érudition cachée, là haut, en ces milliers d'ouvrages si divers !

L'ARCHIDIACRE, *devenu pensif*

Sombre jeune fille, en effet, que tant de livres devaient tenter et séduire !

L'ABBESSE

Prenez au sérieux ce que je dis : je la crois douée du don terrible, l'Intelligence.

L'ARCHIDIACRE, *tressaillant*

Alors, qu'elle tremble, si elle ne devient pas une sainte ! L'exégèse a perdu tant d'âmes ! Surtout en une femme, ce don devient plus souvent une torche qu'un flambeau. — Allons, qu'elle ne lise plus, jusqu'à ce que sa foi, bien raffermie, lui éclaire le néant des pages humaines. Vous eussiez du m'expliquer plus tôt cette particularité. Je dois me résigner, ce soir, je le vois, à faire de l'éloquence, en mon prône d'exhortation. Les jeunes esprits assombris par de précoces méditations sont sensibles aux oripeaux de nos langages passagers. — L'éloquence ! Comme si elle n'était pas sous les pieds de ceux-là qui peuvent dire Notre père ! — Hélas ! je comprends le bon Chrysostôme et ses larmes de pitié, de honte même, en voyant ses fidèles, au lieu de se pénétrer du sens substantiel que proféraient ses paroles, en admirer plutôt, comme au théâtre, l'harmonie physique, l'écorce brillante, la sensuelle beauté, la phraséologie. Comme il demandait alors pardon à Dieu, pour eux et pour lui, de ce dérisoire scandale ! Misère ! De bons coups de discipline, de longues et humbles prières, de bonnes privations et de bons jeûnes, voilà ce qui donne de la substance à notre foi, voilà qui vaut quelque chose et qui pèse dans la mort, voilà ce qui crée un droit et solidifie notre surnaturel. — Enfin ! s'il faut de l'éloquence pour persuader cette âme étrange

(dédaigneusement)

J'en aurai ce soir, — mais en n'oubliant pas cette grande parole voyante du Psalmiste :

Quoniam non cognovi litteraturam, introibo in potentias Dei.

16

Tous deux s'agenouillent devant l'autel, et tendent les bras vers les cieux.

L'ABBESSE ET L'ARCHIDIACRE, *ensemble, à pleines voix*

Gloire au Dieu des affligés, qui inspira le Samaritain!

Cloches. — L'autel est maintenant illuminé et ses reflets se répandent sur toute l'enceinte. La porte claustrale s'ouvre, les religieuses, en vêtements blancs, rayonnantes et recueillies, apparaissent et entrent dans l'hémicycle des stalles.

SCÈNE V

L'ARCHIDIACRE, L'ABBESSE, SŒUR LAUDATION, LES RELIGIEUSES

Orgue. Les quatre rangs des stalles sont maintenant remplis. Deux religieuses, en habits de fête, s'approchent de l'autel, prennent les encensoirs et y jettent l'encens. D'autres, debout sur les marches et des corbeilles à la main, effeuillent des fleurs dans l'air par poignées; l'abbesse, tenant la crosse blanche, s'est assise dans sa chaise abbatiale. Elle porte une chape étincelante. Un cantique s'élève. L'office commence. Les clochettes d'or ré-sonnent. C'est l'Introït.

UNE RELIGIEUSE, *seule*

In te, Domine, speravi : non confundar in æternum.

LE CHŒUR

Amen.

L'ARCHIDIACRE, *revêtu de l'étole noire*

Judica me, Deus, et discerne causam meam de gente non sancta.

(Après un instant, il monte les degrés vers le Tabernacle.)

SCÈNE VI

LES MÊMES, SARA ~~ET SŒUR~~ ALOYSE et sœur

L'orgue roule. Sara, vêtue d'une longue tunique de moire blanche, apparaît, un collier de pierreries sur la poitrine. Elle appuie sa main sur l'épaule de sœur Aloyse, qui est pâle et souriante. Des fleurs d'oranger entrelacent ses grands cheveux dénoués qui qui tombent longuement, noirs et épars sur sa robe. Son visage est comme sculpté dans la pierre.

A son aspect, ~~l'Alleluia retentit~~, des fleurs sont jetées devant elle, ~~les encensoirs se lèvent.~~

Elle vient au milieu de la scène, devant l'autel, s'agenouiller sur la dalle silencieusement, puis elle s'étend, le front sur ses bras croisés.

Sœur Aloyse laisse tomber sur elle un vaste drap blanc, chargé de taches d'or figurant de grosses larmes, et l'en recouvre entièrement.

Le cierge mystique brûle au-dessus du front de Sara, sur la première marche de l'autel.

Transposez ceci page précédent au point indiqué

CHŒUR DES RELIGIEUSES, *~~en ~~* au dehors, en marche et *psalmodiant*

O virgo! mater alma! Fulgida cœli porta!
Te nunc flagitant devota corda et ora,
Nostra ut pura pectora sint et corpora!

L'ARCHIDIACRE, *debout, sur le parvis ~~de l'autel~~, sous le dais de pourpre noire brodé d'ossements d'or, à voix ~~basse~~* haute

~~Si iniquitates observaveris Domine, Domine quis sustinebit!~~

~~*L'offertoire sonne.*~~

SŒUR ALOYSE, *s'avançant*

Ego pro defunctâ illâ! Ego vox ejus!

Debout, près de Sara, et chantant la formule de consécration

Suscipe me, Deus, secundum eloquium tuum et ~~vivam~~!

Le glas tinte un coup

— Est-il une âme, ici, qui veuille ~~se crucifier~~ crucifier sa vie mortelle en ~~...~~ se liant pour toujours au divin sacrifice que je vais offrir?

ajouter ces 2 lignes

18'

Le Desservant de l'Office des morts

Si iniquitates observaveris, Domine, Domine quis sustinebit!

(Les religieuses passent processionnellement autour de Sara, cierges allumés à la main)

Requiescat, et illa luceat æterna Lux!

SŒUR ALOYSE, *jetant de l'eau bénite sur le drap mortuaire.*

Resurgam!

LES RELIGIEUSES, *voix lointaines dans l'orgue*

In excelsis!

LE CHŒUR, *sur la scène*

Amen.

L'ARCHIDIACRE *descend vers Sara toujours prosternée; l'orgue s'arrête*

Si celle qui est étendue ici, devant la face de Dieu, répudie à jamais les misérables joies que peuvent offrir la chair et le sang, qu'elle soit la bienvenue au pied de l'autel !

SŒUR ALOYSE, *montrant de ses mains Sara*

~~Ecce ancilla.~~ Ecce ancilla.

(A ce mot et pendant le silence qui suit, sœur Laudation, sur un signe de l'abbesse, s'approche de sœur Aloyse et lui remet les grands ciseaux d'argent. Sœur Aloyse les reçoit, et, glacée, ferme les yeux)

L'ARCHIDIACRE, *à Sara*

Es-tu celle qui veut vivre sous l'humble chasteté qui nous illumine? celle qui veut s'écrie[illegible] vers le Trône, avec Cecilia : « *Fiat cor meum in* [illegible] *non confundar !* » Celle qui, dans peu de jours, [illegible] les belles ailes de la mort, s'enfuira vers les [illegible] de lumière, les *beata Seraphim* dont par[illegible] [illegible] femme ! si tu viens en o[illegible]ation, volont[illegible] [illegible] l'amour de Dieu, tu deviendras la réalisation [illegible] de ton amour, quand tu entreras dans ton éternité.

(Glas)

Car l'éternité, dit excellement saint Thomas, n'est que la pleine possession de soi-même en un seul et même instant. Aime donc et fais ce que tu voudras ! comme dit saint Augustin. Abîme-toi, cœur céleste, en Celui qui est l'amour même ! Crois et tu vivras ; la Foi, suivant l'expression de saint Paul, étant la substance même des choses qui *doivent* être espérées !

Oui, tu renaîtras transfigurée dans ton propre cantique ; l'âme étant une harmonie, comme le dit sainte Hedegarde. — *Pulcher hymnus dei homo immortalis !* a dit aussi Lactance, mon bienheureux patron. Ne hais qu'une chose : tout obstacle à ton retour vers Dieu ! toute limite, c'est-à-dire le mal ! Hais-le de toutes tes forces ! Car, ainsi que le dit admirablement saint Isidore de Damiette, les élus, en se penchant du haut des cieux pour contempler les supplices des réprouvés, ressentiront une ineffable joie au spectacle des angoisses et des tortures de la Damnation ; sans quoi, la louange des œuvres de Dieu, qui est la *forme* du Paradis, serait incomplète. Oh ! si tu ne comprends pas encore l'esprit de nos dogmes, si ton argile en frémit, qu'il te soit permis de les approfondir, puisque Dieu t'a faite si étrangement studieuse et persévérante, et comme si tu étais appelée à devenir pareille aux plus grandes saintes. *Negligentiæ mihi videtur si non studemus quod credimus intelligere,* dit, avec un grand bonheur d'expression, saint Anselme. M[illegible] tudie avec humilité, si tu veux avancer dans la science de Dieu. — Ainsi tu garderas la dignité, sans laquelle l'humilité même [illegible] point de valeur parfaite. Ne l'oublie pas, tu ne seras jamais esprit. Ton âme même, ton âme impérissable est composée d'abord de matière pour pouvoir jouir ou souffrir éternellement en restant distincte de Dieu. *Materia prima,* dit l'Ange de l'École, question soixante quinzième... Et souviens-toi que la [illegible] Clément V frappe d'excommunication quiconque ose[illegible] — Et si, en dehors de l'obéissance mentale [illegible] révolte et cherche Dieu autre[illegible] salut, cette grande parole d[illegible] la vanité, l'infirmité de [illegible] concevoir un Dieu *duquel* [illegible] rité pour ta raison d'un jour. Tu es [illegible] pour qu'on sache si tu pèses le poids, et voilà tout.

Écoute, encore, pendant que la cloche des morts sonne pour toi. Si chacun des trois mystères, principes divins, n'apparaissait pas comme impossible et absurde à nos yeux obscurs et mortels, quel mérite aurions-nous d'y *croire?* Et s'ils étaient possibles et raisonnables, les accepterais-tu pour divins, puisque toi, poussière, tu pourrais les mesurer d'une pensée? Si donc ils sont absurdes et impossibles, ils sont précisément ce qu'ils doivent être, et, comme l'enseigne Tertullien, c'est tout d'abord par cela qu'ils présentent la première garantie de leur vérité! Leur absurdité humaine est le seul point lumineux qui les rende accessibles à notre logique d'un jour, sous condition de la Foi. Écarte donc à jamais de ta raison le voile du chétif orgueil qui, seul, la sépare de la vue de Dieu; cesse d'être humaine, sois divine. Nulle créature, nulle vitalité n'échappe à la Foi. L'homme préfère une croyance à une autre, et pour celui qui doute, même à l'indéfini de sa pensée, le doute, qu'il admet en son esprit, cache encore la Foi, puisqu'en principe il est aussi mystérieux que nos mystères. Seulement l'indécis demeure avec son doute et son indifférence, qui est la somme nulle de sa vie. Il croit analyser, il creuse la fosse de son âme et retourne vers le néant, qui ne peut plus s'appeler que l'Enfer, car il est à jamais trop tard pour n'être plus. Nous sommes irrévocables.

— Oui, la Foi nous enveloppe! L'univers n'est que son symbole. Il faut penser. Il faut agir! Nous sommes contraints à cet esclavage : penser! En douter, c'est encore y obéir. Pas un acte qui ne soit créé d'une pensée! pas une pensée qui ne soit aveugle en sa notion première! Choisissons donc la plus haute conception, puisque nous ne deviendrons que notre pensée unie à la chair de nos actes! Et comme la plus sublime est celle de Dieu, tendons-nous en à Dieu. Toutes suggestions du doute, quelle que soit leur intensité, ne sont que du *temps perdu*, dont nous aurons à rendre compte. Tout démolit le doute, autour de nous. Le grain de blé, qui pourrit dans la terre et dans la nuit, voit-il donc le soleil? Non, mais il a la foi. C'est pourquoi il monte, par et travers la mort, vers la lumière. Ainsi des germes élus, de toute chose, excepté des germes maudits, où dorment le doute et ses scandales et qui meurent, indifférents, tout entiers. Nous, nous sommes le blé de Dieu; nous sentons que nous ressusciterons en Lui, qui est, suivant la parole éclairée et magnifique d'un théologien, le lieu des esprits comme l'espace est celui des corps.

(Le glas tinte un dernier coup.)

Aimer, dans l'attente, la prière, l'affliction, telle est notre doctrine. Et quand bien même, par impossible, comme nous en prévient le Concile, un ange du ciel descendrait pour nous en enseigner une autre, nous resterions fermes et inébranlables devant notre foi.

(Un silence, puis solennellement et prenant le Saint Chrême)

Eve-Sara Emmanuèle, princesse de Maupers, rappelez-vous maintenant la puissance des paroles jurées devant ceux qui représentent le Seigneur ! ceux devant qui le Verbe devient chair. Prononcez donc, librement, les vœux suprêmes qui engagent votre âme.

CHŒUR DES RELIGIEUSES

Ecce inviolata soror cœlestis !

L'ARCHIDIACRE, *continuant et alternant avec le chœur*

Votre sang ! votre être en ce monde et en l'autre !

CHŒUR DES RELIGIEUSES

Ecce conjux !

L'ARCHIDIACRE

Votre espoir unique et infini.

CHŒUR DES RELIGIEUSES

Sacra esto !

L'ARCHIDIACRE

Sara ! Ton anneau de fiancée brille sur cet autel. J'aime Dieu, cela signifie Dieu m'aime. Sara, les entends-tu, ces voix, déjà célestes, qui t'appellent ? .. Une parole, et je lèverai ma droite sur ton front pour t'absoudre et consacrée pour jamais à la lumière, tu seras liée dans les cieux !

(Sara se découvre le visage, se soulève sous le candélabre et s'accoude sur la première marche de l'autel. Les opales du collier mystique scintillent parmi les fumées de l'encens ; une pluie de feuilles de lys parsème le tapis autour d'elle.

Elle s'est dressée au milieu des encensoirs et des lumières devant l'Archidiacre ; elle se tient maintenant debout, immobile, les bras croisés, les paupières baissées. Sur ses épaules, comme un manteau, brille le drap funèbre dont les grands plis tombent derrière elle et se prolongent sur les dalles.

L'ARCHIDIACRE

En cette nuit sublime, elle se lève aussi pour toi, l'Etoile des rois mages et des bergers !

Il découvre le Saint Chrême; les nonnes s'agenouillent.

Réponds, acceptes-tu la Lumière, l'Espérance et la Vie ?

SARA, *d'une voix tranquille, grave, ainsi et très douce*

Non.

L'ARCHIDIACRE, *avec un frémissement, et laissant choir l'urne d'or sur les marches de l'autel où se répand l'huile sainte*

Seigneur Dieu !

Il recule. Les religieuses s'éloignent précipitamment, terrifiées, soufflant leurs cierges, en désordre; les bréviaires tombent çà et là. — Bruit des stalles désertées brusquement. Toutes les nonnes, frissonnantes et s'enveloppant de leurs grands voiles, à la hâte, entourent l'Abbesse, qui s'est levée et qui regarde la renonciatrice. Stupeur. Silence. Sœur Aloyse est tombée, comme évanouie, aux pieds de Sara. Les corbeilles de fleurs, les encensoirs encore fumants, sont abandonnés autour d'elle.

SŒUR LAUDATION, *à elle-même et se signant avec effroi*

Oh! le mauvais présage de la nuit ! La lampe de Dieu s'est éteinte. Celles des Vierges folles s'éteignaient aussi devant l'Epoux.

L'ABBESSE

O nuit d'effroi !

Minuit sonne. Cloches joyeuses, en tumulte, au lointain. Carillons.

LE CHŒUR DES RELIGIEUSES, *dans l'orgue, éclatant*

Noël ! Noël ! Alleluia !
Hodiè contritum est, pede virgineo,
Caput serpentis antiqui.

L'ABBESSE, *frappant les dalles de sa crosse*

Cessez ! cessez les chants !

LE CHOEUR, *en même temps, couvrant sa voix*

Noël ! Alleluia ! Noël !

(Les religieuses, dans les orgues, n'ont pas vu l'acte qui s'est passé devant l'autel, et les chœurs, au son des cloches, exalte la gloire de la Nativité)

CHOEUR, *dans l'orgue, aux sons des cloches*

Adeste, fideles,
Læti, triomphantes,
Venite in Bethlem !

Le vieux serviteur s'enfuit épouvanté, hors du sanctuaire

L'ABBESSE, *hors d'elle-même, pendant que les chants continuent, pendant les cris d'Alleluia*

Silence !... Oh ! c'est horrible !

LE CHOEUR, *éperdu en cantiques d'allégresse, au son des cloches nocturnes*

Natum videte, regem Angelorum !
Deum infantem, pannis involutum !
Venite, adoremus Dominum !

(Sœur Laudation frappe de sa coirre avec violence : les cantiques cessent brusquement ; les grandes draperies de serge s'écartent, laissant voir l'église déserte, les chaises, les bancs, les piliers, les lampes allumées et, au fond, la tribune des orgues, les cantatrices interdites, maintenant silencieuses)

L'ABBESSE, *criant, avec épouvante*

Taisez-vous ! Taisez-vous !

(Les chants ont cessé)

L'ARCHIDIACRE

Enfin !

L'ABBESSE, *étendant sa croix, avec un geste d'horreur, vers la porte des stalles*

Fuyez ! fuyez toutes, mes filles ! Retirez-vous chacune en votre cellule, et là, prosternées en oraisons ferventes, implorez la clémence de Dieu ! Vous n'entendrez point la messe, cette nuit. Sœur Calixte, qu'avons-nous dans le trésor ?

SOEUR CALIXTE

Trois cent vingt-trois pièces d'or, douze écus, plus douze sols de la quête d'aujourd'hui.

L'ABBESSE

Vous les distribuerez demain aux pauvres.

La porte des stalles s'ouvre : les nonnes s'enfuient et disparaissent comme des ombres.

SCÈNE VII

SARA, L'ABBESSE, L'ARCHIDIACRE, SOEUR LAUDATION, SOEUR ALOYSE

L'ABBESSE *descend et s'approche de l'Archidiacre ; puis, debout près de lui sur les degrés de l'autel, elle parle d'une voix sourde et entrecoupée par une émotion terrible, en montrant du doigt Sara.*

Mon père, ceci est l'acte d'une possédée. Il faudra purifier l'église demain avec du feu ! Je vous laisse. Je me sens glacée et interdite. Le sacrilège... oh ! le sacrilège est tellement grand que la miséricorde infinie seule, entendez-vous bien, peut l'effacer. Ce que vous ordonnerez sur cette fille funeste, notre ancienne compagne, sera exécuté.

Sœur Laudation, qui est demeurée à genoux auprès d'un pilier, se redresse et, soudainement, s'approche de Sara.

SOEUR LAUDATION, *en courroux et la regardant.*

Pestiférée !...

(Elle veut frapper au visage ; sa main est levée : elle s'arrête. Sara ne lève pas même les paupières et ne tressaille pas.)

L'ABBESSE

Tourière, éloignez-vous de cette femme et contenez vos indignations dans le saint lieu !

SOEUR LAUDATION, *à elle-même, pensive et se retirant vers les stalles*

Quelle terreur m'a retenu le bras ? Pourquoi n'ai je pas frappé ?

L'ABBESSE, *très bas, à l'Archidiacre*

Rappelez-vous surtout ce dont je vous ai prévenu tout à l'heure ! Sondez ce cœur sombre. Le secret ! mon père, le secret !

(Elle descend, et relève entre ses bras sœur Aloyse, qui revient à elle.)

SŒUR ALOYSE, *d'une voix éteinte, pendant que l'Abbesse l'entraîne toute éperdue*

Adieu, adieu, Sara !

L'Abbesse, chancelante, l'a emmenée vers la porte du cloître. Elles sortent. Sœur Laudation les suit, après un dernier et sinistre regard jeté sur Sara. L'instant d'après on entend le bruit de la lourde serrure qui se ferme au dehors. Sara et l'Archidiacre sont seuls.

SCÈNE VIII

L'ARCHIDIACRE, SARA.

L'ARCHIDIACRE, *terrible.*

Femme, tu as été lâche. Tu as rougi de Celui qui rougira de toi. Tu as effrayé des âmes aussi pures que l'Etoile du matin ! Tu as bravé la divine colère, outragé Celui qui t'a tirée du néant et qui t'offrait son royaume. Tu t'appelles Lazare, et tu as résisté à la voix souveraine qui te criait de sortir. Tu as refusé ta place au banquet, et cela devant moi qui ai mission de te contraindre à t'y asseoir. Car, de même que les lois inclinent ou obligent les hommes au devoir, de même Dieu, principe et fin de toute loi, de tout devoir et de toute force, peut plier et violenter (miraculeusement) les consciences et les libertés.

Un silence.

Au nom de ton salut, pour lequel, sur la montagne éternellement mystérieuse, il rendit l'esprit sur l'inévitable Croix, je ne veux voir en toi qu'une victime affolée par les princes de l'Enfer. Qu'espères-tu ? L'éviction de ce monastère ? Non, insensée, tu ne sortiras pas !... Hé ! où veux-tu donc aller? Si, au fond de ton cœur, quelque secret solitaire se cache comme un serpent dans un rocher, oublie-le, car il te sera stérile. Tu es pauvre, ayant abandonné tes biens à la cause de la Foi... comme par un dernier mouvement de l'inspiration divine et de la Grâce ! Non, tu n'iras point par les chemins, comme une errante, jeter à tous les vents, pareille aux humains, le peu qui te reste de ton âme ! Nous répondons, entends-tu, de cette âme-là ! Te penses-tu libre devant nous, qui avons appris aux hommes à morigéner la Force et qui savons, seuls, en quoi consiste le droit ? Qu'était-ce donc, une femme, ici-bas, avant les Chrétiens ? C'était l'esclave. Nous l'avons affranchie et délivrée... et tu prononcerais, devant nous, le mot de liberté, comme si nous n'étions pas la Liberté même ! Ecoute.

et pèse bien mes paroles : notre Justice et notre Droit ne relèvent point de ceux des hommes. C'est nous qui, dans leur intelligence, essentiellement fratricide, avons fondé et allumé, pour leur salut, ces idées dominatrices. Ils l'ont oublié, je le sais. Aussi en parlent-ils, à cette heure, comme ils parlaient dans la Tour de Babel, sans pouvoir s'entendre les uns les autres sur le sens du verbe détourné ; c'est là le châtiment de leur vieil orgueil. Notre toute-puissance sur la Terre est la base des sociétés universelles. Nul ne peut la contrôler, car une conséquence ne peut révoquer son principe en doute ou en examen, sous peine de cesser d'être, elle-même, une certitude ; et tout homme, esclave ou prince, ne peut nous reprocher notre nourriture qu'avec notre pain dans la bouche. Nous avons l'Autorité. Nous la tenons de Dieu, et nous la garderons, entre nos mains profondes, jusqu'à la consommation des siècles. Et cela, malgré les menaces de l'Avenir, les illusions de la Science, et toute l'infecte fumée du cerveau mortel, afin que la parole soit accomplie : *Stat Crux dum volvitur Orbis.* Qu'on nous frappe, qu'on nous délaisse, qu'on nous oublie, qu'on nous haïsse, qu'on nous méprise, qu'on nous tue, qu'importe ? Vanité que tout cela ! Rebellions stériles. Forts de notre conscience à jamais solide et introublée, nous serons de ceux que saint Ambroise appelle : « *Candidatus Martyrum Exercitus !* » Enfin (et c'est ceci qui importe en cette heure effrayante), nous avons un droit de qui tout autre procède, comme le Fils du Père, comme l'Esprit du Père et du Fils ! Et il n'est pas d'autre pensée initiale, sur la Terre comme aux Cieux.

(*Un silence.*)

En conséquence, Sara, puisque, par miracle, il m'est donné de pouvoir agir, ici, d'une manière efficace et salutaire, je me saisis de la Force, au nom de Dieu, contre toi, pour te sauver de ta nature affreuse. Tu retourneras au cachot ! Tu y jeûneras jusqu'à ce que ta misérable chair, qui se révolte, soit matée. Ta beauté, c'est de l'enfer qui apparaît. Tes cheveux te tentent ! Tes regards sont des éclairs de scandale. Tout cela doit s'éteindre vite et en poudroyant ; car c'est une illusion des ténèbres extérieures où tout se transforme et s'efface... j'en prends à témoin le vêr de terre. Tu ne saurais te voir telle que tu es en ce moment sans mourir. T'imagines-tu que Madeleine n'était pas aussi belle ? Sache-le bien, dès qu'elle se fût reconnue, éclairée par un regard de Dieu, la sublime pécheresse en expira de confusion. Prie, comme elle a prié, si tu veux obtenir ce qui nous désaltère. Qu'elle soit ton exemple, jusqu'à ton dernier soupir! Et tu seras notre sœur, notre sainte et digne fille notre enfant!

(Un silence.)

Un jour, peut-être, si ton repentir est sincère, reviendras-tu parmi nous. J'en doute; mais mon devoir est de l'espérer... car la Miséricorde et l'Amour divins sont sans limites en Dieu, pour sa créature. Jusque-là nous prierons pour toi, jour et nuit, dans les larmes et le jeûne. Moi-même, en prononçant la formule d'exorcisme, je revêtirai le cilice à votre intention.

Il descend. Impénétrable, Sara n'a point tressailli une seule fois, ni relevé les yeux.

Mais voici une inspiration qui me vient directement du Ciel! Sous cette dalle repose, parmi les Anges, la sainte fondatrice de cette antique abbaye, la bienheureuse Appollodora. Ce caveau, le voisinage de ces reliques thaumaturges, c'est l'*in-pace* qui vous convient. C'est là que la très bénigne intercèdera pour vous, à vos côtés, pendant la veille et le sommeil, sanctifiant votre pain et votre eau, si vous êtes en sa commémoration.

Il se baisse, fait glisser les deux verrous de la dalle funèbre, saisit l'anneau et soulève la pierre. Les marches d'une excavation sombre apparaissent. La pierre reste ouverte, toute droite.

C'est ici la porte... Jamais... par laquelle j'ai droit de vous contraindre à entrer dans la vie; car, ainsi que le dit avec profondeur saint Ignace de Loyola, « la fin justifie les moyens ». Et il est écrit: « Forcez-les d'entrer... » Venez, ma fille chérie! ma fille bien-aimée! Descendez ici. Soyez dans la félicité! C'est l'aumône que vous nous avez faite qui vous vaut, sans doute, cette dernière grâce: profitez-en. Bénissez donc votre épreuve et, à votre tour (*il se jette à genoux devant elle*), priez pour moi!

Sara lève enfin les yeux sur le prêtre. Elle regarde le sépulcre qui s'ouvre auprès d'elle. Muette, et sans que ses traits trahissent une impression quelconque, elle marche vers un pilier. Elle saisit, parmi les ex-voto suspendus par la reconnaissance des marins, une vieille hache double, une guisarme, puis revient, toujours lente et glacée. Arrivée près du trou béant, elle étend simplement le doigt vers la fosse et fait au vieux prêtre un signe vague et impératif: celui de descendre, lui-même, dans le tombeau. Interdit, l'Archidiacre recule. Sara s'avance vers lui, la hache haute, cette fois, et étincelante ; le tranchant effleure très rapidement les tempes du prêtre. Le vieillard regarde autour de lui, puis la regarde elle-même. Il se voit seul et l'arme redoutable au jeune poing calme et rebelle, semble prête à s'abattre comme l'éclair, si sa bouche s'ouvre. Il sourit avec une sorte d'amère pitié, hausse les épaules tristement et, comme pour épargner un crime plus horrible, il obéit, sous les yeux froids de Sara. Il s'enveloppe d'un grand signe de croix et descend les degrés ; peu à peu, sa tête s'enfonce et disparaît.

LA VOIX DE L'ARCHIDIACRE, *sous la voûte*

In te, Domine, speravi; non confundar in æternum!

SCÈNE IX

SARA, seule

Sara jette la hache, d'un geste fait retomber la pierre, et pousse dédaigneusement, du bout de sa sandale, chaque verrou. Cela fait, elle s'approche de la fenêtre et secoue la corde du vitrail ; la fenêtre s'ouvre violemment, toute grande. Une bouffée de neige et de vent nocturne envahit l'église et éteint les cierges brusquement.

Alors Sara déchire, dans l'ombre, le drap funèbre et noue solidement l'une à l'autre les deux moitiés. L'instant d'après, ayant jeté un froc de pèlerin sur ses vêtements, le fête et debout sur la chaise abbatiale, elle atteint, d'un élan svelte et vigoureux, l'un des barreaux de fer, le saisit d'une main et se dresse d'un bond sur le bord de la fenêtre.

Puis elle se glisse entre les barreaux sur le bord extérieur, et regarde, au dehors, en bas, dans l'espace, au loin, dans l'infini.

Au dehors, la nuit apparaît, affreuse, obscure, sans une étoile. Le vent siffle et rugit. La neige tombe.

Sara se retourne, attache à un barreau le drap tordu et déchiré, en éprouve le nœud d'une secousse, puis elle se baisse, décroît et disparaît, au dehors, suspendue, dans la nuit pluvieuse et glacée, silencieusement.

VILLIERS DE L'ISLE-ADAM

(A suivre.)

LA

JEUNE FRANCE

Novembre 1885

AXËL

PERSONNAGES

AXEL D'AUERSPERG.
L'ARCHIDIACRE.
Maître JANUS.
Le commandeur KASPAR D'AUERSPERG.
UKKO, page d'Axël d'Auërsperg.
Herr ZACHARIAS, intendant du burg d'Auërsperg.
GOTTHOLD, serviteur du comte d'Auërsperg.
HARTWIG.
MIKLAUS.
LE DESSERVANT DE L'OFFICE DES MORTS
ÈVE SARA EMMANUELE, princesse de Maupers.
L'ABBESSE.
Sœur ALOYSE.
Sœur LAUDATION, tourière.
Sœur CALIXTE, économe.
Religieuses du cloître de Sainte-Apollodora.
Chœur des vieux serviteurs militaires d'Auërsperg.
Chœur des bûcherons.

L'action se passe en ce siècle. La première partie sur les confins du littoral de la Flandre-française ; les autres en Allemagne septentrionale.

PREMIÈRE PARTIE

LE MONDE RELIGIEUX

« Et forcez-les d'entrer. »
NOUVEAU TESTAMENT.

Le chœur claustral dans la chapelle d'une vieille abbaye.

Au fond, grande fenêtre à vitrail. — A gauche, les quatre rangs des stalles. Elle s'élèvent insensiblement, en hémicycle, contre la grille circulaire fermée et voilée de draperies. Au fond, près de la grille, porte basse, aux degrés de pierre, communiquant au cloître.

A droite, faisant face aux stalles, les sept marches et le parvis du maître-autel invisible. — Le tapis se prolonge jusqu'au milieu de la scène, au bord des dalles tumulaires. Sur la deuxième marche, clochette et encensoirs d'or. Plus haut, corbeilles de fleurs. La lampe du sanctuaire éclaire seule l'édifice, entre les grands piliers, chargés d'*ex-voto*, qui supportent l'abside principale : là, s'élève, sur des ailes, la chaire de marbre blanc.

Au lever du rideau, une forme humaine, long-voilée et les pieds nus sur des sandales, se tient debout sous la lampe. — Entrent, au fond de la scène, l'Abbesse et l'Archidiacre en habits sacerdotaux.

Le prêtre s'agenouille devant l'autel et demeure en prière : l'Abbesse s'approche de l'être voilé dont elle découvre la tête brusquement.

Un visage d'une beauté mystérieuse apparaît; c'est une femme. Elle est immobile, les bras croisés, les paupières baissées. L'Abbesse la regarde, pendant quelques instants, en silence.

SCÈNE PREMIÈRE

SARA, L'ABBESSE, L'ARCHIDIACRE, puis SŒUR ALOYSE

L'ABBESSE

Sara! le minuit de Noël va sonner, remplissant nos âmes d'allégresse! L'autel va s'illuminer, tout à l'heure, comme une arche d'alliance! nos prières vont s'envoler sur l'aile des cantiques. Avant que cette heure passe dans les cieux, il importe que je vous notifie la résolution sacrée que j'ai prise touchant votre avenir.

Souvenez-vous, Sara! Votre père et votre mère, aux approches de la mort, me mandèrent en leur manoir pour vous confier à moi. Depuis sept ans vous vivez en ce cloître, libre comme une enfant dans un jardin. Cependant, les jeux des enfants vous furent toujours étrangers et je ne vous ai jamais vu sourire. Que peut signifier une nature aussi studieuse et aussi solitaire? — Est-ce de relire sans cesse tous nos vieux livres qui vous humiliera l'esprit?

Écoutez, Sara, vous êtes une âme obscure. Sur votre visage toujours pâle brille le reflet d'on ne sait quel orgueil ancien. Il sommeille en vous. Oh! les harmonies que vous tirez de l'orgue vous ont trahie! Elles sont tellement sombres que j'ai dû prier sœur Aloyse de le tenir à votre place. — Malgré la réserve et la simplicité de vos rares paroles et de tous vos actes, je vous ai méditée longtemps et attentivement. Je sens que je ne vous connais pas. Vous vous soumettez avec une sorte d'indifférence taciturne aux pratiques de notre obédience. — Prenez garde à l'endurcissement du cœur!

Ma fille, vous êtes une lampe dans un tombeau. Je veux vous raviver pour l'Espérance! Vanité que la vie sans la prière. La vingt-troisième année de vos jours s'est accomplie; ce qu'il faut, pour vous secourir, c'est l'onction — c'est l'onction! Et que vous soyez toute à Dieu qui pacifie les cœurs inquiets. Certes, selon les hommes, je devrais admettre que vous êtes libre de nous quitter; mais, selon Dieu, moi, qui ai charge de votre âme, puis-je vous laisser rentrer dans le monde, seule, riche et aussi belle, au milieu de ses tentations (dont je n'ignore pas les séduisantes violences, non plus que le désenchantement mortel)? — Ai-je le droit, alors que vous m'avez été confiée, de ne pas agir, en cette circonstance, pour le mieux de votre bonheur réel, incapable que vous êtes de le discerner? — L'expérience des voluptés conduit au désespoir : plus tard, malgré votre volonté, vous seriez sans force pour revenir; je dois le prévoir pour vous. Quoi! le vertige vous guette au bord du gouffre et je n'aurais pas le droit de vous préserver de son attirance! Mon inaction actuelle serait une faiblesse dont vous sauriez me demander compte un jour. — Ne point vous retenir quand vous voulez plonger dans les ténèbres! sans directeur ni famille! et avec l'esprit ardent que je devine sous vos paupières baissées? Non, non! Vous ne sauriez vous conduire, dans le monde, selon Dieu. Je vais donc vous offrir à lui ce soir même. Oui, cette nuit.

Un silence

Ma fille, lorsqu'il y a trois mois je vous fis des ouvertures à ce sujet, j'essuyai, de votre part, un refus. J'eus recours à l'*in-pace*, aux privations sévères, aux mortifications... Et pendant que vous subissiez, résignée d'ailleurs, votre pénitence, je faisais prier pour vous et j'intercédais moi-même avec ferveur, offrant mes larmes à Celui qui est tout pardon.

Ne me forcez donc plus à recourir à des rigueurs pour vous faire rentrer en vous-même et vous pousser, pour ainsi dire, vers le Ciel. Aujourd'hui, en ce beau soir de fête, je vous ai tirée de votre cachot; j'ai choisi cette nuit bienheureuse pour vous consacrer au Seigneur, au milieu des fleurs, des lumières et de l'encens. Vous serez la fiancée amère de ce soir nuptial.

Ainsi la grâce descendra sur vous; l'oubli vous rendra l'esprit moins inquiet; vous sentirez bientôt le poids de l'amour divin; et, un jour (il n'est pas loin, peut-être)! tressaillant au souvenir de cette heure sainte, vous m'embrasserez, les joues baignées de pleurs d'extase et de joie. — Et ce sera le touchant, l'édifiant spectacle, réservé aux vierges qui demeurent assises à l'ombre de cet autel. Et vous comprendrez, alors, ce que j'ai osé faire, ce que j'ai pris sur moi d'accomplir. — Allons, soyez en paix.

Elle se détourne

— Sœur Laudation, allumez les cierges.

L'autel s'illumine peu à peu durant la fin de la scène

Maintenant, ma sœur et ma fille, je vous l'ai dit : — vous êtes une riche de ce monde. Ici l'on entre en se dépouillant de tout orgueil et de toute richesse. Nous sommes pauvres; mais ce que nous avons, nous le donnons; la pauvreté ne s'anoblissant que par la charité. On vous a légué châteaux, palais, forêts et plaines. Voici le parchemin dans lequel vous faites abandon de tous vos biens à la communauté. Voici une plume. Signez.

Sara décroise les bras, prend la plume et signe impassiblement

Bien. C'est cela même.

Elle regarde Sara qui est rentrée dans son immobilité

Merci.

A part, en se dirigeant vers l'Archidiacre

Que Dieu me voie et me juge!

Arrivée auprès du vieux prêtre, elle lui touche l'épaule et lui parle à voix basse

L'ARCHIDIACRE, *se levant et à voix basse*

Le jeûne, le cachot et le silence font de la lumière en ces âmes orgueilleuses : il fallait cela ! il faut cela.

Haut, s'approchant de Sara

Sara, sœur Emmanuèle en Dieu ! Les quelques doutes se sont dissipés qui nous faisaient appréhender autour de vous la présence du malin esprit. Bien est-il vrai qu'en un tel jour nous eussions écarté de nos pensées, à votre sujet, toute supposition inquiète : mais l'aumône que Dieu vous a donné de pouvoir nous faire achève de vous purifier, à nos yeux, de tout soupçon de tiédeur. Elle militera pour vous dans les abandonnements et dans les dérélictions. Je vais vous recevoir dans un instant parmi celles qui, dorénavant, sont vos sœurs. Dès longtemps vous fûtes considérée par elles, et par nous, comme une appelée et comme une élue. Votre noviciat est fini.

L'ABBESSE

Ma fille, nous allons vous revêtir de la robe nuptiale et ceindre ce front de la couronne des vierges sacrées, en symbole des noces futures. Puis, vous viendrez ici, à cette place, au milieu des cantiques. Là, vous vous étendrez, en signe de mort : et sur vous sera jeté le drap des trépassés. Sous cette dalle, repose la Bienheureuse qui fonda ce monastère, et que vous prierez particulièrement durant l'offertoire. Une fois les vœux prononcés, votre chevelure mondaine tombera sous le ciseau de notre règle. Puis, on vous revêtira du saint habit que vous garderez, jusqu'à la fin de vos jours d'épreuve, ici-bas.

Une jeune religieuse, une enfant, d'une figure charmante, apparaît derrière l'autel, au fond de la scène. Elle semble un peu pâlie. Elle regarde Sara.

Pour moi, je partirai bientôt pour mon éternité ; vous hériterez de ma crosse d'ivoire et vous ferez, à votre tour... ce que je fais.

Se détournant

Venez, sœur Aloyse !

La religieuse s'approche

SCÈNE II

LES MÊMES, SŒUR ALOYSE

L'ABBESSE, *continuant*

Sœur Aloÿse, voici la compagne, la sœur préférée que vous aimez avec tendresse et qui est notre fille chérie. Votre voix lui sera plus douce que la mienne et je compte sur vos bonnes paroles pour dissiper les tentations qui pourraient s'élever dans son cœur à cette heure suprême.

Un silence

Vous l'aimez beaucoup, n'est-ce pas?

SŒUR ALOYSE, *grave*

Oui, ma mère.

L'ABBESSE

Je la confie à votre dilection. Vous veillerez et prierez avec elle, dans l'oratoire, jusqu'à l'avant-quart de minuit.

L'Abbesse remonte vers le soubassement de la chaire où se tient l'Archidiacre. Le prêtre parcourt, maintenant, des parchemins et des papiers auprès d'une lampe que vient de poser, sur l'un des bras d'une stalle, sœur Laudation

SŒUR ALOYSE, *à part, s'approchant de Sara*

Mon Dieu !

Joignant les mains sur l'épaule de Sara, et d'une voix très basse, presque indistincte

Sara ! souviens-toi de nos roses dans l'allée des sépultures ! Tu m'es apparue comme une sœur inespérée. Après Dieu, c'est toi. Si tu veux que je meure, je mourrai. Rappelle-toi mon front appuyé sur tes mains pâles, le soir, au tomber du soleil. Je suis inconsolable de t'avoir vue. Hélas ! tu es la bien-aimée... J'ai la mélancolie de toi. Je n'ai de force que vers toi.

Un silence

Cède ; deviens comme nous, sous un voile ! Partage l'épreuve d'un instant. Tu sais bien que nous ne pouvons pas vivre ! — Si vite nous serions ensemble, au même Ciel, avec une seule âme... Sara, vois le ciel étoilé au fond de mes yeux..., là s'éloignent des cieux toujours étoilés! — Laisse-toi venir! Je veux te parer moi-même comme une fiancée divine, une épouse ineffable, un être céleste. La douleur m'a rendue charmante et tu ne me repousseras plus avec tristesse, si tu me regardes. Quelles paroles trouver pour te fléchir? Sara, Sara!

Taciturne, Sara décroise les bras: son front s'incline sur celui de la novice. Celle-ci lui prend la main. Toutes deux traversent le sanctuaire.

Oh! n'appuie pas ton front!... mes genoux chancellent.

Sara s'est redressée et, soutenant, d'une main, sœur Aloyse devenue blanche comme son voile, toutes deux sortent, lentement, par l'abside latérale.

L'Abbesse, *debout, adossée à un pilier, pensive et les suivant des yeux*

C'en est fait! l'enfant éprouve déjà les ravissements et les enivrements de l'enfer! Séduction des anges de ténèbres! L'excessive, la dangereuse beauté de Sara trouble et inquiète de son scandale ce cœur élu.

Réfléchissant

Sœur Aloyse lui coupera les cheveux cette nuit; elle restera sans voile, et ainsi dénudée, jusqu'à l'Épiphanie.

L'Archidiacre, *venant vers elle*

Ma sœur, voici les titres patrimoniaux de Sara de Maupers et les actes qui la concernent; ils sont devenus la propriété du couvent; les richesses qu'ils représentent suppléeront à la modicité de notre mense; recevez-les; vous les enverrez demain à l'économat.

SCÈNE III

L'ABBESSE, L'ARCHIDIACRE, puis Sœur LAUDATION

L'Abbesse, *prenant les parchemins, indifféremment*

Je vous rends grâces, mon père.

Au moment de les rouler et de les lier ensemble, son regard devient plus attentif

Ces armoiries!.. Je les ai vues, déjà! — L'écusson oriental, aux supports de sphinx! Et ce cimier grilleté d'or.

(Elle se penche, près de la lampe, sur les titres)

D'azur, à la Tête-de-Mort ~~sablée~~, cheffée de gemmes, ailée d'argent, sur ~~le~~ Septénaire d'étoiles de même, en abîme, avec la devise courant sur les lettres du nom :

MACTE ANIMO! ULTIMA PERFULGET SOLA!

Un silence

Paroles prophétiques, si Dieu le permet : Sara n'est-elle pas la dernière fille des princes de Maupers?

L'ARCHIDIACRE, *se rapprochant*

Vous voulez déchiffrer l'héraldique de cette maison? J'en lisais précisément la légende tout à l'heure. Ceci est, en effet, l'écusson de Maupers, qui le partage, même, d'une façon des plus singulières, avec une haute maison d'Allemagne, les comtes d'Auërsperg, — une souche illustre et nombreuse!

L'ABBESSE, *après un mouvement*

Auërsperg!... Et... rien, dans cette histoire, ne peut devenir important au sujet du patrimoine de Sara?

L'ARCHIDIACRE, *souriant*

Point ne le suppose : il s'agit simplement d'un récit de chevalerie et de croisades où le merveilleux l'emporte sur le réel. Voici : les chefs de ces deux familles furent, en même temps, paraît-il, ambassadeurs ~~de Guillaume le Taciturne~~ près d'un soudan (le soudan El Kalab, dit la chronique de l'époque). — Or, « un mage », qui assistait le conseil secret du prince égyptien, ~~convainquit~~ les deux chevaliers de substituer ces sphinx aux deux lions qui supportaient leur écusson commun. La devise d'Auërsperg est plus incompréhensible :

ALTIUS RESURGERE SPERO GEMMATUM.

Laissons là ces traditions vaines. La récipiendaire doit s'apprêter pour la prise du voile, n'est-ce pas? ~~Elle est~~ au fait du rituel de notre liturgie, pour la consécration.

(Marginal manuscript corrections: l'un de France, l'autre d'Allemagne, — eut convaincu — mystérieux — Vous l'avez mise — bon)

transporter les mots comme ceci :
D'azur, à la Tête de mort ailée d'argent, cheffée de gemmes, sur un Septénaire d'étoiles de même
etc

L'ABBESSE, *soucieuse, l'interrompant*

Mademoiselle de Maupers se prépare pour la cérémonie, oui, mon père.

Un silence : puis, comme cédant, tout à coup, à une obsession intérieure

Avant l'office divin, laissez-moi réclamer vos lumières sur un ensemble de circonstances spéciales dont le souvenir vient encore de me préoccuper l'esprit. Ces circonstances m'ont suggéré une supposition... d'un ordre tellement extraordinaire... que j'hésite à prendre ici, de mon chef, le pressentiment pour la certitude : j'ai besoin de votre avis. Il s'agit de Sara. — Mon père, cette jeune fille est un cœur fermé et qui sait beaucoup de choses.

L'ARCHIDIACRE

Je me méfie aussi de la brebis rétive. Toutefois, je pense qu'à la longue le régime conventuel réduira cette sauvage enfant ; oui, j'espère qu'avec la grâce et la direction vers Dieu, tout ira bien. — Voyons, sa conduite est-elle essentiellement délictueuse ?

L'ABBESSE

Elle est trop froidement exemplaire. Je l'ai souvent punie, pour éprouver sa constance. Elle a tout accepté ; mais, je vous le dis, mon père, sa soumission n'est qu'extérieure. Le châtiment s'émousse sur elle et la corrobore en son orgueil.

S'interrompant, comme à elle-même

Cette fille est comme l'acier, qui se plie jusqu'à son centre, puis se détend ou se brise ; elle a (s'il est permis d'oser une telle expression) l'âme des épées. Et, plus d'une fois, sa vue m'a troublée, moi-même, d'une sorte d'angoisse occulte.

L'ARCHIDIACRE

A-t-elle jamais tenté de s'enfuir du prieuré ?

L'ABBESSE, *secouant la tête*

Elle se sent observée nuit et jour avec vigilance ; une tentative d'évasion l'exposerait à une réclusion plus sévère.

L'ARCHIDIACRE, *la regardant, et après un moment*

Il faut aussi prendre garde, en ces sortes de jugements, de parler soi-même sous l'empire du Diable! — Il sera bon de continuer les précautions prises à l'égard de sœur Emmanuèle. Voilà tout.

L'ABBESSE, *avec un sourire vague et froid*

Sous l'empire du démon?... Eh bien! mon père, jugez vous-même : voici les faits, dans leur succession précise. Je les trouve sombres.

Elle s'asseoit, s'accoude à une stalle, médite quelques moments, puis lentement, et levant les yeux sur l'Archidiacre, qui se tient debout en face d'elle :

Vous le savez, les Rose-Croix ont habité, il y a trois siècles, cette abbaye. Ils ont laissé, là-haut, divers ouvrages touchant, disent-ils, les dialectes syriens, les idiômes oubliés que l'on parlait à Ghéser ou à Saba. — que sais-je?... Nous avons conservé ces documents à titre de curiosités. — Tout d'abord, n'est-il pas merveilleux que j'aie souvent surpris Sara plongée dans une étude patiente de ces ouvrages? Ah! je vous prie, remarquez bien ce point, qui pourra devenir intéressant tout à l'heure.

L'ARCHIDIACRE, *souriant*

Le fait est qu'elle eût mieux agi en méditant ses *Laudes*. Il faut anéantir ces volumes, dès demain, par l'incinération. Les Rose-Croix avaient coutume, pour échapper au bûcher, de dissimuler, sous des prières apparentes, d'abominables formules....

L'ABBESSE

Ces livres sont, à présent, — mais bien tard! — dans ma cellule. — Or, il y a trois ans, un matin d'hiver, — c'était la veille de la Chandeleur, je m'en souviens, — je descendis d'assez bonne heure dans la bibliothèque; j'y trouvai cette étonnante jeune. Elle y avait passé la nuit, toute seule, et malgré le froid rigoureux. Elle ne me vit pas entrer; elle ne me vit pas l'observer!.. Elle achevait de brûler à sa lampe le premier feuillet d'un poudreux missel, la première feuille de parchemin de ce gothique livre d'heures, à fermoirs d'émail, qui nous fut envoyé d'Allemagne, autrefois, par un correspondant du patriarche Pol, notre pieux évêque.

L'ARCHIDIACRE

Oui... je me souviens... par un médecin d'Allemagne que le patriarche lui-même ne connaissait pas et n'avait jamais vu... maître Janus.

Les Sept-flammes, autour de la lampe du sanctuaire, jettent une lueur très vive, puis s'éteignent, toutes à la fois

L'ABBESSE, *appelant*

Sœur Laudation !... Vite ! — La lampe ! la lampe !... D'où cela peut-il venir? — Vous ferez la coulpe au réfectoire !

Sœur Laudation accourt en joignant les mains

SŒUR LAUDATION

Ma mère, j'ai oublié de la remplir, ce soir ! C'est vrai ! Et ceci ne m'est jamais arrivé depuis que j'ai les clefs à ma ceinture.

Elle rallume la lampe, silencieusement, puis se retire derrière l'autel

L'ARCHIDIACRE

Vous disiez donc, ma sœur, que Sara détruisait ce parchemin?.

SCÈNE IV

L'ARCHIDIACRE, L'ABBESSE, seuls

L'ABBESSE

Mon père, vous rappelez-vous le feuillet dont je vous parle ? Il était couvert de caractères d'une forme surprenante, auxquels nous n'accordâmes que peu d'attention, ne pouvant les traduire.

L'ARCHIDIACRE

En effet : une invocation pieuse, sans doute?

L'ABBESSE, *de plus en plus pensive*

Ces caractères ressemblaient, très étrangement, à ceux dont la signification est donnée dans les livres des Rose-Croix ! — Le parchemin était surajouté, dans le missel, et timbré du sceau de ces armoiries.

Elle montre les titres

L'ARCHIDIACRE, *après un moment*

Je ne distingue pas encore bien votre pensée. Continuez, ma sœur. Comment cette action insignifiante... et même louable, dans une certaine mesure?...

L'ABBESSE, *les yeux fixés et comme se parlant à elle-même*

Les traits de Sara brillaient, en ce moment, d'une expression de joie mystérieuse ! d'une joie profonde et terrible. Non, ce qu'elle venait de lire n'était pas une prière !... Son aspect avait quelque chose de solennellement inconnu, d'inoubliable. — Je l'interrogeai, les yeux sur les siens, à l'improviste. — Le regard qu'elle leva lentement sur moi fut si atone, qu'il me causa l'impression d'un danger. Elle me répondit, après un silence et une grande pâleur, qu'elle venait d'anéantir, simplement, un vain souvenir d'orgueil... ses propres armoiries, reconnues sur cette page. — Ferveur suspecte ! — Je relus la lettre du patriarche pour m'assurer de la vérité. Le livre provenait, en effet, de la défunte châtelaine d'Auërsperg, — et ceci semblerait expliquer, aujourd'hui, les paroles de Sara... Cependant, mon père, j'ai gardé, je l'avoue, de cet instant qui a duré un éclair, oui, j'ai gardé certaine pensée... oh ! une pensée confuse, superstitieuse peut-être, — mais dont je ne puis me défendre !... Le soupçon que j'ai sur Sara peut, seul, nous conduire à la clef de cette nature insolite et glaciale qui nous apparaît en elle. Ne l'avez-vous pas vue souvent, comme moi, marcher sous les arceaux du cloître, concentrée et comme perdue dans on ne sait quel rêve taciturne ?

L'ARCHIDIACRE, *la regardant avec attention*

Vous pensez que cette jeune fille ?...

L'ABBESSE, *devenue très assombrie*

Oui, c'est mon intime conviction, je pense que Sara de Maupers a déchiffré quelque avis ténébreux; quelque étrange renseignement, — une suggestion ! un secret, oui, mon père ! et même un secret redoutable, sans doute ! — enseveli dans ce feuillet détruit.

L'ARCHIDIACRE, *après un moment*

Dites-moi, les portes publiques seront bien fermées ce soir, n'est-ce pas ?

L'ABBESSE

Les barres de fer du portail de l'église sont fixées. La nef restera déserte. Les marins et les gens du hameau entendront à la ville la messe de minuit.

L'ARCHIDIACRE

Bien. Une fois les vœux prononcés, il faudra qu'on exerce une surveillance extrême sur elle.

L'ABBESSE, *à demi-voix*

Mais, enfin !... Je devais croire que cette âme ne vous était pas aussi inconnue. Elle ne s'accuse donc pas, celle-ci, lorsque en votre tribunal et à genoux ...

L'ARCHIDIACRE, *l'interrompant*

Ici, je ne puis répondre : parlons de ce que nous savons. Les vœux donnent des grâces spéciales, et nous voyons qu'elle en a grand besoin. J'ai bien peur, il est vrai, que les macérations ne lui soient, en quelque sorte, une nécessité ...

L'ABBESSE, *calme*

Certes, il faut la sauver ! D'elle-même ! Et, si elle a dans le cœur quelque ivraie infernale, la lui déraciner pour son salut ! — Et tenez, mon père, voyez jusqu'où va la ~~puissante séduction~~ de cette jeune fille ! J'ai prié la plus jeune de nos converses, sœur Aloyse, qui est un cœur simple et une âme d'ange, de rechercher sa compagnie. — J'espérais surprendre ainsi, tôt ou tard, quelques paroles échappées.., touchant l'impénétrable arrière-pensée de Sara. — Qu'est-il arrivé? une chose inattendue, invraisemblable. — Le visage, l'extraordinaire beauté de mademoiselle de Maupers ont fasciné très profondément sœur Aloyse : elle en est devenue silencieuse et comme éblouie.

L'ARCHIDIACRE, *après un tressaillement*

Prenez garde ! — Ceci tient des envoûtements anciens ! Les immondes fièvres de la Terre et du Sang dégagent de mornes fumées qui épaississent l'air de l'âme et cachent, absolument, tout à coup, la face de Dieu. — Le jeûne, la prière, sont quelquefois impuissants !... C'est une chose dangereuse, une chose dangereuse !

Frissonnant

— Horreur !

L'ABBESSE, ~~calme~~ d'un ton ~~froid~~ glacé

Mon père, j'ai conjuré d'autres périls. Pendant que cette nuit vous célébrerez sur Sara l'office des Morts, sa caution, à l'Interrogatoire, sera précisément sœur Aloyse. Je l'ai choisie pour l'interprète. — Quant à votre exhortation, vous pourrez parler à Sara, mon père, comme s'il vous fallait frapper le cœur et l'esprit des plus redoutables athées ! — L'esprit surtout ! — Le sien, je le crois des plus abstraits, des plus profonds !... Mon troupeau d'âmes blanches ne vous comprendra pas : le scandale n'est donc pas à craindre. — Elle seule vous suivra, j'en suis sûre, aisément, dans ces abîmes de l'examen mental, qui ne lui sont que trop familiers.

L'ARCHIDIACRE, ~~souriant~~ très surpris et avec un demi-sourire

Comment ! Que dites-vous là ? — Rêvons-nous ?

L'ABBESSE

Ah ! si j'osais révéler... toute ma pensée ! Si j'ajoutais que son très étendu savoir, maintes fois transparu en ses précises et brèves réponses, m'a donné, trop tard, à entendre, — alors que je pensais l'avoir laissé jouer à lire, — que son entendement extraordinaire avait saisi, sans secours, jusqu'aux arcanes de toute l'érudition cachée, là haut, en ces milliers d'ouvrages si divers !

L'ARCHIDIACRE, *devenu pensif*

Sombre jeune fille, en effet, que tant de livres devaient tenter et séduire !

L'ABBESSE

Prenez au sérieux ce que je dis : je la crois douée du don terrible, l'Intelligence.

L'ARCHIDIACRE, *très pâlissant*

Alors, qu'elle tremble, si elle ne devient pas une sainte ! L'exégèse a perdu tant d'âmes !.. Surtout en une femme, ce don devient plus souvent une torche qu'un flambeau. — Allons, qu'elle ne lise plus, jusqu'à ce que sa foi, bien raffermie, lui éclaire le néant des pages humaines. Vous eussiez du m'expliquer plus tôt cette particularité. Je dois donc me résigner, ce soir, je le vois, à faire de l'éloquence, en mon prône d'exhortation. Les jeunes esprits assombris par de précoces méditations sont sensibles aux oripeaux de ces langages passagers. — L'éloquence ! Comme si elle n'était pas sous les pieds de ceux-là qui peuvent dire Notre père ! — Hélas ! je comprends le bon Chrysostôme et ses larmes de pitié, de honte, sans doute, en voyant ses fidèles, au lieu de se pénétrer du sens substantiel que proféraient ses paroles, en admirer plutôt, comme au théâtre, l'harmonie physique, l'écorce brillante, la sensuelle beauté, la phraséologie! Comme il demandait, alors, pardon à Dieu, pour eux et pour lui, de ce dérisoire scandale ! Misère ! De bons coups de discipline, de longues et humbles prières, de bonnes privations et de bons jeûnes, voilà ce qui donne de la substance à notre foi, voilà ce qui vaut quelque chose, ce qui pèse dans la mort, voilà ce qui crée un droit et solidifie notre surnaturel. — Enfin ! s'il faut de l'éloquence pour persuader cette âme étrange...

dédaigneusement

j'en aurai ce soir, — mais en n'oubliant pas cette grande parole voyante du Psalmiste : *Quoniam non cognovi litteraturam, introïbo in potentias Dei.*

L'ABBESSE

— Je devrais la croire bien disposée, cependant ! Voyez, elle vient de signer, entre mes mains, le renoncement à ses biens terrestres.

16

L'ARCHIDIACRE, *regardant l'acte de donation*

Oh! que de pauvres à nourrir! par centaines! Que de pèlerins à soulager! — Peut-être qu'une grâce efficiente l'a touchée! peut-être sommes-nous tourmentés par une de ces tentations stériles, envoyées par les Esprits du mal, dans les circonstances solennelles, pour alarmer notre faiblesse!

J'oubliais! C'est juste

Oui,

L'ABBESSE

Que de lits pour les malades! Que de pain blanc et de vin cordial! Que de bien à faire, avec cet or arraché à Mammon!

Tous deux s'agenouillent devant l'autel : puis, levant les bras vers les cieux

L'ABBESSE ET L'ARCHIDIACRE, *ensemble, à pleines voix*

Gloire au Dieu des affligés, qui inspira le Samaritain!

Cloches. — L'autel est maintenant illuminé et ses reflets se répandent sur toute l'enceinte.

CHŒUR DES RELIGIEUSES, *au dehors, en marche et psalmodiant*

O virgo! mater alma! Fulgida cœli porta!
Te nunc flagitant devota corda et ora,
Nostra ut pura pectora sint et corpora!

La porte claustrale s'ouvre, les religieuses, en vêtements blancs, rayonnantes et recueillies, apparaissent et entrent dans l'hémicycle des stalles, précédées par le vieux desservant de l'office des morts.

SCÈNE V

L'ARCHIDIACRE, L'ABBESSE, SŒUR LAUDATION, LE DESSERVANT DE L'OFFICE DES MORTS, LES RELIGIEUSES

Orgue. Les quatre rangs des stalles sont maintenant remplis. Deux religieuses, en habits de fête, s'approchent de l'autel, prennent les encensoirs et y jettent l'encens. D'autres, debout sur le

Changer la ligne rayée comme ceci

— Un vieillard, en surplis d'acolyte, apparaît, venu de derrière l'autel et vient se placer debout, au coin droit de la première marche.

marches et des corbeilles à la main, effeuillent des fleurs autour d'eux l'air, par poignées. L'Abbesse, tenant la crosse blanche, s'est assise dans sa chaise abbatiale. Elle vient de revêtir une chape étincelante. Un cantique s'élève. L'office commence. Les clochettes d'or résonnent : le Desservant s'agenouille. C'est l'Introït.

UNE RELIGIEUSE, *seule*

In te, Dominè, speravi : non confundar in æternum.

LE CHŒUR

Amen.

L'ARCHIDIACRE, *revêtu de l'étole noire*

Judica me, Deus, et discerne causam meam de gente non sancta.

Après un instant, il monte les degrés vers le Tabernacle. L'office des morts se continue à voix basse. Bientôt l'offertoire sonne ; toutes les nonnes se lèvent.

Les préliminaires de la messe funèbre se continuent à voix basse en attendant minuit.

SCÈNE VI

LES MÊMES, SARA et SŒUR ALOYSE

L'orgue roule. Sara, vêtue d'une longue tunique de moire blanche, apparaît, un collier de pierreries sur la poitrine. Elle appuie sa main sur l'épaule de sœur Aloyse, qui est pâle et souriante. Des fleurs d'oranger entrelacent ses grands cheveux dénoués qui tombent longuement, noirs, et épars sur sa robe. Son visage est comme sculpté dans la pierre.

A son aspect, des fleurs sont jetées devant elle : les encensoirs s'élèvent.

Elle vient au milieu de la scène, devant l'autel, s'agenouiller sur la dalle, silencieusement : puis elle s'étend, le front sur ses bras croisés.

Sœur Aloyse laisse tomber sur elle un vaste drap blanc, chargé de taches d'or figurant de grosses larmes, et l'en recouvre entièrement.

Le cierge mystique brûle au-dessus du front de Sara, sur la première marche de l'autel.

Arranger les 2 lignes comme ceci

L'Archidiacre, revêtu de l'étole noire, s'approche : le Desservant s'agenouille : la clochette d'or résonne. C'est l'Introït.

L'ARCHIDIACRE, *debout, sur le parvis, ~~sous le dais de pourpre noire brodé d'ossements d'or, à haute voix~~*

Est-il une âme, ici, qui veuille crucifier sa vie mortelle en se liant pour ~~toujours~~ jamais au divin sacrifice que je vais offrir ?

SŒUR ALOYSE, *s'avançant*

Ego pro defunctâ illâ ! Ego vox ejus !

Debout, près de Sara, et chantant la formule de consécration

Suscipe me, Deus, secundum eloquium tuum et vivam !

Le glas tinte un coup

LE DESSERVANT DE L'OFFICE DES MORTS

Si iniquitates observaveris, Domine, Domine quis sustinebit !

Les religieuses passent, processionnellement, autour de Sara, cierges allumés à la main.

Requiescat, et illæ luceat æterna Lux !

SŒUR ALOYSE, *jetant de l'eau bénite sur le drap mortuaire.*

Resurgam !

LES RELIGIEUSES, *voix lointaines, dans l'orgue*

In excelsis.

LE CHŒUR, *sur la scène*

Amen.

(intercaler ici l'ajouté au bas de la page)

L'ARCHIDIACRE ~~descend vers Sara toujours prosternée ; l'orgue s'arrête.~~

Si celle qui, déjà morte pour la terre, est étendue ici, devant la face de Dieu, répudie à jamais les misérables joies que peuvent offrir la chair et le sang, qu'elle soit la bienvenue au pied de l'autel !

SŒUR ALOYSE, *montrant, de ses deux mains, Sara*

Ecce ancilla.

A ce mot, et pendant le silence qui suit, sœur Laudation, sur un signe de l'Abbesse, s'approche de sœur Aloyse et lui remet les grands ciseaux d'argent. Sœur Aloyse les reçoit, et, glacée, ferme les yeux.

Maintenant, le vieil Acolyte, sur le parvis même de l'autel, a revêtu l'Archidiacre des insignes sous lesquels les anciens grands Prieurs d'Abbayes pouvaient recevoir les vœux pontificalement. La longue chappe noire ~~étole épiscopale~~ agrafée aux épaules, la mitre-mineure au front, et s'appuyant sur la pastorale crosse d'or, l'Archidiacre, sous le dais de pourpre noire brodé d'ossements d'or, que tiennent ~~toutes~~ longs-voilées, ~~de crêpes~~, quatre des plus agées Mères-tutrices de l'Abbaye, descend vers Sara toujours prosternée ; — l'orgue s'arrête.

19

L'ARCHIDIACRE, à *Sara*

Es-tu celle qui veut vivre sous l'humble chasteté qui nous illumine? celle qui veut s'écrier vers le Trône, avec Cecilia : « *Fiat cor meum immaculatum ut non confundar !* » Celle qui, dans peu de jours, couchée sur les belles ailes de la Mort, s'enfuira vers les esprits de feu, d'amour et de lumière, les *beata Seraphim* dont parle le pieux Aéropagite ? O femme ! si tu viens en oblation, volontaire holocauste, pour l'amour de Dieu, tu deviendras ~~la réalisation même de~~ ton amour quand tu entreras dans ton éternité.

Glas

Car l'éternité, dit excellement saint Thomas, n'est que la pleine possession de soi-même en un seul et même instant. Aime donc et fais ce que tu voudras ! nous dit saint Augustin. Abîme-toi, cœur céleste, en Celui qui est l'amour même ! Crois et tu vivras ; la Foi, suivant l'expression de saint Paul, étant la substance même des choses qui *doivent* être espérées.

Glas

Oui, tu renaîtras transfigurée dans ton propre cantique; l'âme étant une harmonie, comme le dit sainte Hedegarde. — *Pulcher hymnus Dei homo immortalis!* a dit aussi Lactance, mon bienheureux patron. Ne hais qu'une chose : tout obstacle à ton retour vers Dieu ! toute limite, c'est-à-dire le mal ! Hais-le de toutes tes forces ! Car, ainsi que le dit admirablement saint Isidore de Damiette, les élus, en se penchant du haut des cieux pour contempler les supplices des réprouvés, ressentiront une ineffable joie au spectacle des angoisses et des tortures de la Damnation; sans quoi, la louange des œuvres de Dieu, qui est la *forme* du Paradis, serait incomplète. Oh ! si tu ne comprends pas encore l'esprit de nos dogmes, si ton argile en frémit, qu'il te soit permis de les approfondir, puisque Dieu t'a faite si étrangement studieuse et persévérante, et comme si tu étais appelée à devenir pareille aux plus grandes saintes. — *Negligentiæ mihi videtur si non studemus quod credimus intelligere,* dit, avec un grand bonheur d'expression, saint Anselme. Mais étudie avec humilité, si tu veux avancer dans la science de Dieu. — Ainsi tu garderas la dignité, sans laquelle l'humilité même n'a point de valeur parfaite. Ne l'oublie pas, tu ne seras jamais esprit ! Ton âme même, ton âme impérissable, est composée, d'abord, de ~~matière~~ pour pouvoir jouir ou souffrir éternellement, en restant distincte de Dieu.

s'arrêtant sur la troisième marche

réalisé même

précise

« matière »

20

Materita prima, dit l'Ange de l'Ecole, question soixante quinzième... Et souviens-toi que la bulle de Clément V frappe d'excommunication quiconque osera rêver le contraire ! — Et si, en dehors de l'obéissance mentale à l'Église, ton entendement se révolte et cherche Dieu autrement, hélas ! redis-toi, pour ton salut, cette grande parole d'un philosophe chrétien : « Telle est la vanité, l'infirmité de la raison de l'homme, qu'elle ne saurait concevoir un Dieu *auquel il voulut ressembler !* — Aie donc charité pour ta raison d'un jour. Tu es ici-bas pour qu'on sache si tu pèses le poids du salut, et voilà tout.

Glas

Ecoute, encore, pendant que la cloche des morts sonne pour toi. Si chacun des trois mystères, principes divins, n'apparaissait pas comme impossible et absurde à nos yeux obscurs et mortels, quel mérite aurions-nous d'y croire ? Et s'ils étaient possibles et raisonnables, les accepterais-tu pour divins, puisque toi, poussière, tu pourrais les mesurer d'une pensée ? Si donc ils sont absurdes et impossibles, ils sont précisément ce qu'ils doivent être, et, comme l'enseigne Tertullien, c'est tout d'abord par cela qu'ils présentent la première garantie de leur vérité ! Leur absurdité humaine est le seul point lumineux qui les rende accessibles à notre logique d'un jour, sous condition de la Foi. Écarte donc à jamais de ta raison le voile du chétif orgueil qui, seul, la sépare de la vue de Dieu ; cesse d'être humaine, sois divine. Nulle créature, nulle vitalité n'échappe à la Foi. L'homme préfère une croyance à une autre, et, pour celui qui doute, même à l'indéfini de sa pensée, le doute, qu'il admet en son esprit, cache encore la Foi, puisqu'en principe il est aussi mystérieux que nos mystères. Seulement, l'indécis demeure avec son doute et son indifférence, qui sont la somme nulle de sa vie. Il croit analyser, il creuse la fosse de son âme et retourne vers le néant, qui ne peut plus s'appeler que l'Enfer, — car il est à jamais trop tard pour n'être plus. Nous sommes irrévocables.

— Oui, la Foi nous enveloppe ! L'univers n'est que son symbole. Il faut penser. Il faut agir ! Nous sommes contraints à cet esclavage : penser ! En douter, c'est encore y obéir. Pas un acte qui ne soit créé d'une pensée ! pas une pensée qui ne soit aveugle en sa notion primordiale ! Choisissons donc la plus haute conception, puisque nous ne deviendrons que notre pensée unie à la chair de nos actes ! Et, comme la plus sublime est celle de Dieu, n'acceptons que celle de Dieu. Toutes suggestions du doute, quelle que soit leur intensité, ne sont que du *temps perdu*, dont nous aurons à rendre compte. Tout s'efforce, autour de nous. Le grain de blé, qui pourrit dans la terre et dans la nuit, voit-il donc le soleil ? Non, mais il a la foi. C'est pourquoi il monte, par et travers la mort, vers la lumière. Ainsi des germes élus, de toute chose, excepté des germes maudits, où dorment le doute et ses scandales et qui meurent, indifférents, tout entiers. Nous, nous sommes le blé de Dieu ; nous sentons que nous ressusciterons en Lui, — qui est, suivant la parole éclairée et magnifique d'un théologien, le lieu des esprits, comme l'espace est celui des corps.

Le glas tinte un dernier coup

Aimer, dans l'attente, la prière, l'affliction, telle est notre doctrine. Et quand bien même, par impossible, comme nous en prévient le Concile, un ange du ciel descendrait pour nous en enseigner une autre, nous resterions fermes et inébranlables dans notre foi.

Un silence, puis, solennellement, et prenant le Saint Chrême

Eve-Sara Emmanuèle, princesse de Maupers, rappelez-vous maintenant la puissance des paroles jurées devant ceux qui représentent le Seigneur! ceux à la prière desquels le Verbe devient chair. Prononcez donc, librement, les vœux suprêmes qui engagent votre âme,

CHŒUR DES RELIGIEUSES

Ecce inviolata soror cœlestis !

L'ARCHIDIACRE, *continuant et alternant avec le chœur*

... votre sang, votre être en ce monde et en l'autre,

CHŒUR DES RELIGIEUSES

Ecce conjux !

L'ARCHIDIACRE

... votre espoir unique et infini,

CHŒUR DES RELIGIEUSES

Sacra esto !

L'ARCHIDIACRE

Sara ! Ton anneau de fiancée brille sur cet autel. J'aime Dieu, cela signifie Dieu m'aime. — Sara, les entends-tu, ces voix, déjà célestes, qui t'appellent ?... Une parole, et je lèverai ma droite sur ton front pour t'absoudre, — et, consacrée pour jamais à la Lumière, tu seras liée dans les cieux !

Sara se découvre le visage, se soulève sous le candélabre et s'accoude sur la première marche de l'autel. Les opales du collier mystique scintillent parmi les fumées de l'encens ; une pluie de feuilles de lys parsème le tapis autour d'elle.

Elle s'est dressée, au milieu des encensoirs et des lumières, devant l'Archidiacre ; elle se tient maintenant debout, immobile, les bras croisés, les paupières baissées. Sur ses épaules, comme un manteau, brillent les pleurs d'or du drap funèbre dont les grands plis tombent derrière elle et se prolongent sur les dalles.

L'ARCHIDIACRE

En cette nuit sublime, elle se lève aussi pour toi, l'Etoile des Rois-mages et des bergers !

Il découvre le Saint Chrême ; les nonnes s'agenouillent.

Réponds, acceptes-tu la Lumière, l'Espérance et la Vie ?

SARA, *d'une voix tranquille, grave et très douce.*

Non.

L'ARCHIDIACRE, *avec un frémissement, et laissant choir l'urne d'or sur les marches de l'autel où se répand l'huile sainte*

Seigneur Dieu !

Il recule. Les religieuses s'éloignent précipitamment, terrifiées, soufflant leurs cierges, en désordre ; les bréviaires tombent çà et là. – Bruit des stalles désertées brusquement. – Toutes les nonnes, frissonnantes et s'enveloppant de leurs grands voiles, à la hâte, entourent l'Abbesse, qui s'est levée et qui regarde la renonciatrice. Stupeur. Silence. Sœur Aloyse est tombée, comme évanouie, aux pieds de Sara. Les corbeilles de fleurs, les encensoirs encore fumants, sont abandonnés autour d'elles.

SŒUR LAUDATION, *à elle-même, et se signant*

Je comprends, à présent, le mauvais présage de la nuit! La lampe de Dieu s'est éteinte! Celles des Vierges folles s'éteignaient aussi devant l'Epoux!

L'ABBESSE

O nuit d'effroi!

Minuit sonne. Cloches joyeuses, en tumulte, au lointain. Carillons.

LE CHŒUR DES RELIGIEUSES, *invisible dans l'orgue, éclatant*

Noël! Noël! Alleluia!
Hodiè contritum est, pede virgineo,
Caput serpentis antiqui!

L'ABBESSE, *frappant les dalles de sa crosse*

Cessez! cessez les chants!

LE CHŒUR, *en même temps, couvrant sa voix*

Noël! Alleluia! Noël!

Les religieuses, dans les orgues, n'ont pas vu l'acte qui s'est passé devant l'autel, et les chœurs, au son des cloches, exaltent la gloire de la Nativité.

CHŒUR, *dans l'orgue, aux sons des cloches*

Adeste, fideles,
Læti, triomphantes,
Venite in Bethléem!

Le vieux desservant s'enfuit, épouvanté, hors du sanctuaire.

L'ABBESSE, ~~hors d'elle-même~~, *pendant que les chants continuent, et au milieu des* ~~...~~ *Alleluia.*

Silence! Oh! c'est horrible!

LE CHŒUR, *éperdu en cantiques d'allégresse, au son des cloches* ~~nocturnes~~

Natum videte, regem Angelorum!
Deum infantem, pannis involutum!
Venite, adoremus Dominum!

Sœur Laudation frappe de sa coirre avec violence: les cantiques cessent brusquement; les grandes draperies de serge s'écartent, laissant voir l'église déserte, les chaises, les bancs, les piliers, les lampes allumées, — et, au fond, dans la tribune illuminée des orgues, les cantatrices, interdites, maintenant silencieuses. / Sœurs / .

L'ABBESSE, *criant, ~~avec épouvante~~* / hors d'elle-même

Taisez-vous! Taisez-vous / .

/ Les cloches, l'orgue et les *chants ont cessé* / .

L'ARCHIDIACRE / ~~[illegible]~~, avec un effrayant soupir

Enfin!

L'ABBESSE, *étendant sa croix, avec un geste d'horreur, vers la porte des stalles*

Fuyez! fuyez toutes, mes filles! Retirez-vous chacune en votre cellule, et là, prosternées en oraisons ferventes, implorez la clémence de Dieu! Vous n'entendrez point la messe, cette nuit. Sœur Calixte, qu'avons-nous dans le trésor?

SOEUR CALIXTE /, balbutiant, après un silence

Trois cent vingt-trois pièces d'or, douze écus, plus douze sols de la quête d'aujourd'hui.

L'ABBESSE

Vous distribuerez tout cela demain aux pauvres.

La porte ~~des stalles~~ du Cloître *s'ouvre: les nonnes s'enfuient et disparaissent comme des ombres* / .

SCÈNE VII

SARA, L'ABBESSE, L'ARCHIDIACRE, SŒUR LAUDATION, SŒUR ALOYSE

L'ABBESSE *descend et s'approche de l'Archidiacre; puis, debout près de lui sur les degrés de l'autel, elle parle d'une voix sourde et entrecoupée par une émotion terrible, en montrant du doigt Sara*

Mon père, ceci est l'acte d'une possédée. Il faudra purifier l'église demain avec du feu! Je vous laisse. Je me sens glacée et interdite. Le sacrilège... oh ! le sacrilège est tellement grand que la miséricorde infinie, seule, bien, peut l'effacer. Ce que vous ordonnerez sur cette fille funeste, notre ancienne compagne, sera exécuté.

Sœur Laudation, qui est demeurée à genoux auprès d'un pilier, se redresse et, soudainement, s'approche de Sara

SŒUR LAUDATION, *en courroux et la regardant*

Pestiférée !...

Elle va la frapper au visage ; sa main est levée : elle s'arrête. Sara ne lève pas même les paupières et ne tressaille pas

L'ABBESSE

Tourière, éloignez-vous de cette femme et contenez vos indignations dans le saint lieu !

SŒUR LAUDATION, *à elle-même, pensive et se retirant vers la porte des stalles*

Quelle terreur m'a donc retenu le bras ? Pourquoi n'ai-je pas frappé ?

L'ABBESSE, *très bas, à l'Archidiacre*

Rappelez-vous surtout ce dont je vous ai prévenu tout à l'heure. Sondez ce cœur sombre. — Le secret, mon père ! le secret !

Elle descend, et relève, entre ses bras, sœur Aloyse, qui revient à elle.

SŒUR ALOYSE, *d'une voix éteinte, pendant que l'Abbesse l'entraîne toute éperdue*

Adieu, adieu, Sara !

L'Abbesse, chancelante, l'a emmenée vers la porte du cloître. Elles sortent. Sœur Laudation les suit, après un dernier et sinistre regard jeté sur Sara.

L'instant d'après, on entend le bruit de la lourde serrure qui se ferme au dehors. Sara et l'Archidiacre sont seuls.

26

SCÈNE VIII

L'ARCHIDIACRE, SARA

L'ARCHIDIACRE, *terrible*

Femme, tu as été lâche. Tu as rougi de Celui... qui rougira de toi. Tu as effrayé des âmes aussi pures que l'Etoile du matin ! Tu as bravé la divine colère, outragé le Dieu qui t'a tirée du néant et qui t'offrait son royaume. Tu t'appelles Lazare, et tu as résisté à la voix souveraine qui te criait de sortir. Tu as refusé ta place au banquet, et cela devant moi qui ai mission de te contraindre à t'y asseoir. Car, de même que les lois inclinent ou obligent les hommes au devoir, de même Dieu, principe et fin de toute loi, de tout devoir et de toute force, peut plier et violenter (miraculeusement) les consciences et les libertés.

Un silence

Au nom de ton salut, pour lequel, sur la montagne éternellement mystérieuse, il rendit l'esprit sur l'inévitable Croix, je ne veux voir en toi qu'une victime affolée par les princes de l'Enfer. Qu'espères-tu ? L'éviction de ce monastère ? Non, insensée, tu ne sortiras pas ! — ~~Tu ne sortiras pas [illegible]~~ Si, au fond de ton cœur, quelque secret solitaire se cache, comme un serpent dans un rocher, oublie-le, car il te sera stérile. — Tu es pauvre, ayant abandonné tes biens à la cause de la Foi... comme par un dernier mouvement de l'inspiration divine et de la Grâce ! — Non, tu n'iras point par les chemins comme une errante, jeter à tous les vents, pareille aux humains, le peu qui te reste de ton âme ! Nous répondons, entends-tu, de cette âme-là. — Te penses-tu libre, devant nous, qui avons appris aux hommes à morigéner la Force et qui savons, seuls, en quoi consiste le ~~droit~~ Droit ? Qu'était-ce donc, une femme, ici-bas, avant les Chrétiens ? C'était l'esclave. Nous l'avons affranchie et délivrée... et tu prononcerais, devant nous, le mot de liberté, comme si nous n'étions pas la Liberté même ! Ecoute, et pèse bien mes paroles : notre Justice et notre Droit ne relèvent point de ceux des hommes. C'est nous qui, dans leur intelligence, essentiellement fratricide, avons fondé et allumé, pour leur salut, ces idées dominatrices. Ils l'ont oublié, je le sais ! Aussi en parlent-ils, à cette heure, comme ils parlaient dans la Tour de Babel, sans pouvoir s'entendre les uns les autres sur le sens du

(ajoutez cette ligne) L'autorité des hommes protégerait, aujourd'hui, ton évasion, je le sais : — tu ne t'évaderas pas.

verbe détourné ; c'est là le châtiment de leur vieil orgueil. Notre toute-puissance sur la Terre est la base des sociétés universelles. Nul ne peut la contrôler, — car une conséquence ne peut révoquer son principe en doute ou en examen, sous peine de cesser d'être, elle-même, une certitude ; et tout homme, esclave ou prince, ne peut nous reprocher notre nourriture qu'avec notre pain dans la bouche. Nous avons l'Autorité. Nous la tenons de Dieu, et nous la garderons, entre nos mains profondes, jusqu'à la consommation des siècles. Et cela, malgré les menaces de l'avenir, les illusions de la Science, et toute l'infecte fumée du cerveau mortel, afin que la parole soit accomplie : *Stat Crux dum volvitur Orbis.* Qu'on nous frappe, qu'on nous délaisse, qu'on nous oublie, qu'on nous haïsse, qu'on nous méprise, qu'on nous tue, qu'importe ! Vanité que tout cela ! Rébellions stériles. Forts de notre conscience à jamais solide et introublée, nous serons de ceux que saint Ambroise appelle : « *Candidatus martyrum exercitus !* » Enfin (et c'est ceci qui importe en cette heure effrayante), nous avons un droit de qui tout autre procède, comme le Fils du Père, comme l'Esprit du Père et du Fils ! Et il n'est pas d'autre pensée initiale, sur la terre comme aux cieux.

Un silence

En conséquence, Sara, puisque, par miracle, il m'est donné de pouvoir agir, ici, d'une manière efficace et salutaire, je me saisis de la Force, au nom de Dieu, contre toi, pour te sauver de ta nature affreuse. Tu retourneras au cachot ! Tu y jeûneras jusqu'à ce que ta misérable chair, qui se révolte, soit matée. Ta beauté, c'est de l'enfer qui apparaît : tes cheveux te tentent ! Tes regards sont des éclairs de scandale ! Tout cela doit s'éteindre vite et en poudroyant ; car c'est une illusion des ténèbres extérieures où tout se transforme et s'efface... j'en prends à témoin le ver de terre. Tu ne saurais te voir telle que tu es en ce moment sans mourir. — T'imagines-tu que Madeleine n'était pas aussi [illegible] Sache-le bien, dès qu'elle se fût reconnue, éclairée par le regard de Dieu, la sublime pécheresse en expira de confusion. Prie, comme elle a prié, si tu veux obtenir ce qui nous éclaire. Qu'elle soit ton exemple, jusqu'à ton dernier soupir ! Et tu seras notre sœur, notre sainte et notre enfant !

Un silence

Un jour, peut-être, si ton repentir est sincère, reviendras-tu parmi nous. J'en doute ; mais mon devoir est de l'espérer... car la Miséricorde et l'Amour divins sont sans limites. Jusque-là

28

nous prierons pour toi, jour et nuit, dans les larmes et le jeûne ! — Moi-même, en prononçant la formule d'exorcisme, je revêtirai le cilice à votre intention.

Il descend. Impénétrable, Sara n'a point tressailli une seule fois, ni relevé les yeux.

Mais, — voici une inspiration qui me vient directement du Ciel! Sous cette dalle repose, parmi les Anges, la sainte fondatrice de cette antique abbaye, la bienheureuse Appollodora. Ce caveau, le voisinage de ces reliques thaumaturges, c'est l'*in-pace* qui vous convient. C'est là que la très bénigne intercèdera pour vous, à vos côtés, pendant la veille et le sommeil, sanctifiant votre pain et votre eau, si vous êtes en sa commémoration.

~~Il se baisse,~~ fait glisser les deux verrous de la dalle funèbre, saisit l'anneau et soulève la pierre. Les marches d'une excavation sombre apparaissent. La pierre reste ouverte, toute droite.

C'est ici la porte... ~~Janua~~... par laquelle j'ai droit de vous contraindre à entrer dans la vie; car, ainsi que le dit avec profondeur saint Ignace de Loyola, « la fin justifie les moyens ». Et il est écrit : « Forcez-les d'entrer !... » Venez, ma fille chérie ! ma fille bien-aimée ! — Descendez ici. Soyez dans la félicité ! C'est l'aumône que vous nous avez faite qui vous vaut, sans doute, cette dernière grâce : profitez-en. Bénissez donc votre épreuve et, à votre tour, ~~il se jette à genoux~~ *(devant elle)*, priez pour moi !

(Sara lève enfin les yeux sur le prêtre. Elle regarde le sépulcre qui s'ouvre auprès d'elle. Muette, et sans que ses traits trahissent une impression quelconque, elle marche vers un pilier. Elle saisit, parmi les ex-voto suspendus par la reconnaissance des marins, une vieille hache double, une guisarme : puis revient, toujours lente et glacée. Arrivée près du trou béant, elle étend simplement le doigt vers la fosse et fait au vieux prêtre un signe vague et impératif : celui de descendre, lui-même, dans le tombeau. Interdit, l'Archidiacre recule. Sara s'avance vers lui, la hache haute, cette fois, et étincelante. ~~Le tranchant effleure, très rapidement, les tempes du prêtre.~~ Le vieillard regarde autour de lui, puis la regarde elle-même. Il se voit seul : l'arme redoutable au jeune poing calme ~~et rebelle~~, semble prête à s'abattre comme un éclair, si sa bouche s'ouvre. Il sourit avec une sorte d'amère pitié, hausse les épaules tristement et, comme pour épargner un crime plus horrible, il obéit, sous les yeux froids de Sara. Il s'enveloppe d'un grand signe de croix et descend les degrés; peu à peu, sa tête s'enfonce et disparaît.)

Janua — sans guillemets et en italique latin

arranger ces lignes comme au bas de la page

Il s'incline

ici transposer les 4 mots entourés à la fin de la phrase

mitrée d'or

qu'il heurte de sa crosse et qu'il frôle de sa longue chappe noire.

Du bout de sa lourde crosse il fait glisser les deux verrous de la porte dalle funèbre, puis il la passe dans l'anneau ... à la pierre ... l'effort du prêtre, se soulève ; les larges degrés ... excavation ... apparaissent : la grande dalle reste ouverte toute ...

29

AXËL

LA VOIX DE L'ARCHIDIACRE, *sous la voûte souterraine*

In te, Domine, speravi; non confundar in æternum.

SCÈNE IX

SARA, seule

Sara jette la hache, d'un geste fait retomber la pierre, et pousse ~~dédaigneusement~~, du bout de sa sandale, chaque verrou. impassiblement

Cela fait, elle s'approche de la fenêtre et secoue la corde du vitrail; la fenêtre s'ouvre ~~violemment~~, toute grande. Une bouffée de neige et de vent nocturne envahit l'église et éteint les cierges brusquement. , avec violence,

Alors Sara déchire, dans l'ombre, le drap funéraire et noue solidement l'une à l'autre les deux moitiés. L'instant d'après, ayant jeté un froc de pèlerin sur ses vêtements de fête ~~nuptiale~~, et debout sur la chaise abbatiale, elle atteint, d'un élan svelte et vigoureux, l'un des barreaux de fer, le saisit d'une main et se dresse d'un bond sur le bord de la fenêtre.

Puis elle se glisse, entre les barreaux, sur le bord extérieur, et regarde, au dehors, en bas, dans l'espace, au loin, dans l'infini.

Au dehors, la nuit apparaît, affreuse, obscure, sans une étoile. Le vent ~~dehors~~ siffle et rugit. La neige tombe.

Sara se retourne, attache à un barreau le drap tordu et déchiré, en éprouve le nœud d'une secousse, — puis elle se baisse, décroît et disparaît, au dehors, suspendue, dans la nuit pluvieuse et glacée, silencieusement. ramène sur sa tête la capuce grise de son froc ~~…~~

VILLIERS DE L'ISLE-ADAM

(A suivre.)

KASPAR, *après un instant*

Ce secret nous intéresse, le comte et moi ?

HERR ZACHARIAS

Tout d'abord. Puis, l'Allemagne. Puis... le monde entier.

KASPAR, *à lui-même*

Ce vieux homme! — Hum ! Franchise inattendue, et qui me gêne. — Quel air choisir? L'indifférence ou l'attention ? L'indifférence est préférable, il va s'efforcer de me convaincre.

Haut

Parlez. Mais te voilà grave comme un ambassadeur d'Orient. Tu m'effraies. — Sera-ce bien long, ton histoire ?

HERR ZACHARIAS

Je crois être en mesure de vous assurer [illegible] que vous n'aurez point regret si vous l'écoutez jusqu'au bout. — Avant un quart d'heure, sans doute, le comte sera de retour. J'ai strictement le temps de tout dire, et le silence m'oppresse depuis, — oh ! depuis tant de vieilles années !

Le Commandeur se verse à boire, en souriant, les jambes croisées, accoudé à la table et éclairé par les flambeaux. Herr Zacharias est debout devant le feu; sa main s'appuie au dos de l'autre siège. — Baissant un peu la voix :

Monseigneur ne se souvient-il pas d'un événement extraordinaire qui s'est passé en Allemagne — et qui eut son contre-coup dans le monde — à l'époqu[illegible] de la mort du comte d'Auërsperg?

KAS[illegible] *souriant*

D'un événement extraordi[illegible] ?

HERR [illegible]HARIAS

Oui.

KASPAR

Je n'ai jamais rien vu d'extraordinaire sous le soleil, herr Zacharias, excepté...

Soudain, comme frappé d'un lointain souvenir, il tressaille, regarde fixement le vieil intendant, et demeure un instant sans parler. Puis, d'une voix changée et grave :

Commence.

www.ingramcontent.com/pod-product-compliance
Ingram Content Group UK Ltd.
Pitfield, Milton Keynes, MK11 3LW, UK
UKHW020204200726
13856UKWH00003B/1182

9 782011 945327